나무를
보면
올라가고
싶어진다

박영욱 朴永旭

1956년 서울에서 태어났고 연세대학교에서 중문학을 전공했다.

나무를
　　　보면
올라가고
　　싶어진다

초판 인쇄 · 2022년 3월 25일
초판 발행 · 2022년 4월 5일

지은이 · 박영욱
펴낸이 · 한봉숙
펴낸곳 · 푸른사상

주간 · 맹문재 | 편집 · 지순이 | 교정 · 김수란, 노현정
등록 · 1999년 7월 8일 제2-2876호
주소 · 경기도 파주시 회동길 337-16 푸른사상사
대표전화 · 031) 955-9111(2) | 팩시밀리 · 031) 955-9114
이메일 · prun21c@hanmail.net
홈페이지 · http://www.prun21c.com

ⓒ 박영욱, 2022

ISBN 979-11-308-1904-4　03810
값 16,000원

박영욱 시와 산문집

나무를
보면
올라가고
싶어진다

푸른사상
PRUNSASANG

이 책을 나의 아버지
시인 박두진 영전에 바칩니다.

일상에서 조금은 비껴나, 자연과 통래하며

가을하늘 같은 글을 쓰고 싶었다.

묵은 글과 새로 쓴 글들을 묶어서 책으로 내고

훑어보니 무척 부끄럽다.

그동안, 나에게서 게으름과 뜬 마음을 밀어내어준

파랑새 가족에게 감사의 마음을 전한다.

2022년 3월

박 영 욱

차례

제2부 당신 생일

제3부 오월… 산책

제4부 반달을 보며

제1부

알 수 없는 인생

금붕어

오늘은 마시는 공기가 매우 습하다

신선한 공기로 호흡하고 싶어진다

금붕어 입 모양을 하고 뻐끔거려본다

웃음이 튀어나온다

이 웃음이 나를 살게 해준다.

밤

밤 속을 들여다보면
여름날 퍼붓던 빗줄기가 보이고
흙물 흘려보내던 산길이 보인다

풀밭을 나는 풀무치가 보이고
물밭에서 뱅글거리며 노는 물방개가 보인다

밤이 한 움큼 정적을 안고 다가온다
어둠은 눈처럼 소리 없이 내려앉고
밤은 더욱 단단해진다

밑마음을 안 보여서 서운한 밤
그렇지만 언제라도 포근해질 수 있는 밤

게으른 아이처럼 굼뜬 밤

그렇지만 어김없이 찾아와주는 밤

밤이 뿌리는 보드라운 어둠의 즙이
얼굴에 와닿는다

쏙똑 쏙똑
쏙똑새 소리가 멀리 허공을 가른다.

고독의 달

달이 비에 젖었다
달은 가랑비에도 잘 젖는다
어린아이 한 주먹만큼의 온기도 거부한 것처럼
달이 차갑게만 보인다

내가 보아왔고 가슴에 품었던 것은 달이 아니었다
내가 알았던 고독은 고독이 아니었다

정적의 밤
그 속에 달이 보인다
비에 젖은 달이
시큰둥하게 떠 있다.

나무

산길을 걷는다
새도 걷고 구름도 나란하게 걷는다
신이 나서 걷는다
어두워져도 걷는다

나무에게 말을 건넨다
"걷다가 힘들어지면
네 곁에서 쉴 수 있으니
나무야 우리 함께 걷자"

나무가 대답한다
"걷는 것도 좋겠지만
서서 구경하는 것도 재미있어
그래서 늘 가만히 서 있는 거야"

착각

젖내 향에 묻혀 쌕쌕대다가
산타클로스 선물을 못 믿게 될 때부터
순진은 물 건너가고

수정 같은 유년
은빛 물고기 쫓던 날들도
이내 사라지고 만다

너무 쉽게 낯이 달아오르던 사춘시절(思春時節)
도망치듯 가버리고

한때의 아프리카 뜨거운 정열은 어디 갔을까?
어느새 이별의 그 느낌이 싫은 걸 아는 나이가 된다

들썩대며 살아가다가
자존심 한풀 꺾여 우울이 솟으면

나무를 보면 올라가고 싶어진다

'무위(無爲)라오, 탈속(脫俗)이오, 달관(達觀)입니다'
시치미 떼는 중년이 되고

누구나
보낸 세월이 많이 쌓인 황혼이 되면
자기에게는 관 뚜껑 덮일 날이 오지 않을 거라는
착각을 한다.

알 수 없는 인생

알 수 없는 인생아
언제까지 나를 미몽의 마당에 던져둘 거니?
언젠가는 누구에게나 슬픔의 진수를 보여주듯이
나에게도 그럴 거니?

알 수 없는 인생아
그동안 지내온 시간 속에
나에게도 꿈같은 시절이 있었겠지?

그랬다면 아마
'내가 크리스마스트리보다 작았던'
유년의 한때였을 거야

알 수 없는 인생아
그때를 추억할 때마다

나무를 보면 올라가고 싶어진다

마음에는 아름다운 무지개가 떠오르지

그렇지만 잠시뿐이야
무지개는 금세 언덕 아래로 사라져버려
누구에게나 그렇겠지?
알 수 없는 인생아
볕이 좋은 날 만나서 꼭 가르쳐줘
숫제 지금 단박에 말해주는 것도 괜찮아

알 수 없는 인생아
정말로 알고 싶구나

인생이란
말로는 말할 수 없는
애저녁에 느닷없는 것이었니?

불사조

가끔은 한 번씩
해일이 바닷물을 뒤집어야
물속 것들의 생명이 유지되고
산소 가득 푸르른 바다가 될 수 있듯이

우리도 전에는
막무가내 휘젓고 무너뜨리고
솟구치게 하는 해일이었으리라

그래야만
심장 펄떡, 창자 꿈틀
진진한 삶이라고 생각했었으리라

그러나 지금은
편안한 수면법도 잊어버린
시간 죽이기 무기수

아니지요
아닙니다
그건 정녕 아니옵니다

우리는
인생에서 무엇이 중요하고
무엇이 그다음이 되는 줄 알고

세상살이에서 무엇을 포기하고
무엇을 끌어안아야 하는지도 잘 알며
때론 허한 마음 밀어내고 주저앉힐 줄 알고
넘치는 감정이나 친밀감까지도 절제할 줄 아는
자유자재 자유인

걷다 뛰고 또 달리는
능숙한 마라톤맨입니다

우리는 천년 오래 하늘 멀리
멋진 날개 접지 않는
불사조입니다

억겁 영원 무진 무진
날개 뻗칠
불사조입니다.

나의 노래

사람들은 밤하늘의 반짝이는 별들을 바라보지만
나는 보이지 않는
별과 별 사이의 어둠을 찬미한다네

사람들은 소스라치는 밤바다의 흰 파도를 바라보지만
나는 보이지 않는
물결과 물결 사이의 어둠을 찬미한다네

사람들은 밝은 척 어둡지만
나는 어두운 양 밝다네.

Autumn… daytime

하늘 열린 날의 하늘이라 그랬는지
정말이지 맑은 하늘이었지
자꾸 멀리 퍼져가는 그 하늘의
흰 구름을 바라보며
우리는 아이들처럼
마냥 마냥 좋아했지

웃음소린 맑은 시냇물 따라 찰랑대며 흘러가고
거두어들이는 어항의 송사리는 모래밭에 풀떡대고
우리들만의 오붓함이 좋아라 마주 보며 웃고
폭 싸인 요런 경치 좋아라 수시 번뜩 바라보며 웃고
'아낄 것 없어요, 이것이 행복입니다'
이렇게 생각하는 듯 다시 또 웃고

그렇게 가을하늘 아래서
하루의 한줄기를 보냈지

나무를 보면 올라가고 싶어진다

찌뿌디하지 않게 산뜻하게 보냈지
정말이지 만져지는 것 같았던 시간들이었지

오늘 같은 시간의 뭉텅이들이
이승 삶의 속 것이라면
이승에서 오래오래 살고 싶다
조심대며 대책 세우며 살 것 없이
뒹굴듯이 살고 싶다
구름… 냇물… 그것들처럼 흘러가고 싶다.

이십 년 후

이십 년 후의 우리들은 어떤 모습일까?
둘러앉아서 아니면 어느 이국의 호숫가에서
수십 년을 보내고 난 뒤에도 여전히
'우리에게도 내일은 있다'일까?
우리는 결코 늙지 않았소
아낄 것 없는 것이 웃음이라오 하면서
목젖 바닥 보여가며 웃고 있을까?
아니면, 먼저 간 이의 흔적을 파헤치며 슬퍼하고 있을까?
그이에게 남아 있기에도 송구한 시간이고
그렇게 그 사람을 보낸 것이 너무나 후회스럽다면서 비탄에
빠져 있을까?
그런 경우 적절한 위로가 있을 수 있을까?
과연, 우리는 어떤 몰골로 어떤 자리에서
무엇을 하고 있을까?
시간을 붙잡으려 할까? 놓아주려 할까?

시간이 잡혀줄까?

살아는 있을까?

가슴 미어져오는 가을밤

세월, 긴 세월의 뒷부분을 그려본다.

또 다른 삶

산속에 산이 있고
바닷속에 바다가 있네

구름 속에 구름이 있고
바람 속에 바람이 있네

빗속에 비가 있고
길 속에 길이 있네

사랑 속에 사랑이 있고
기다림 속에 기다림이 있네

슬픔 속에 슬픔이 있고
허무 속에 허무가 있네

죽음 속엔 죽음과
또 다른 삶이 있겠지.

시치미

달이라는 위성이 우주에 탄생한 순간부터

허무와 공허와 무의미라는 것이

생겨나게 되었으리라

이것들을 지구에 슬쩍 뿌려놓고는

언제나 아닌 척 시치미떼며

나타났다 사라졌다 한다.

미망(未忘)

아직 세상 안에 있습니다

아직 가을 안에 있습니다

아직 그대 안에 있습니다.

사랑

'소나타' 바퀴 자국에 고인 물처럼
시간 조금 흐르니
영락없이 말라버렸네

바람 한 줄기에
그 의미마저 사라져버리고
그 어떤 끄트러기조차 남겨두질 않았네

한때의 흥분은 잠깐의 기분이었나
극기니 극복이니는 다른 때 하는 말
어느새 마음의 빗장은 단단히 걸리고…

사랑

고귀해서 표 안 내고 아끼는 말이었는데
흔해빠진 세속의 밋밋한 말이 되어버렸네.

제2부

당신 생일

무신론사

애대우며 궁들이며 살지 않지만
번민은 늘 당신을 비껴갑니다

잔뜩 흐려
검은 구름 하늘 온통 덮으면
'심판받을 것 같네' 하며 무섭다고들 하지만

당신은
구름 속 푸른 하늘이 보이는지
만만여유 태평가입니다

스스로가 섭리를 만들어내는 것 같은
존경스러운 무신론자여
그 경건한 믿음이여!

세월

쌓여만 가는 서러운 연륜
그 비릿한 냄새
떠날 줄 모르는 우울 덩어리
환상의 헛된 조각들
느닷없이 잡아보았던 욕망
어김없이 그 뒤를 덮쳤던 좌절

흐트러진 배낭처럼 지쳐 널브러진 몸뚱이
축축한 가슴팍의 곰팡
그 쓰라림의 자국
응어리
이 몸 어딘가 덕지 끼어 붙어 있을 응어리
누가 메스로 후벼주세요
손끝 조심 살살 떼어보세요

육십여 년
무슨 명분 후들후들 살아왔던가
무슨 사랑 찐득찐득 살아왔던가

아! 별은 언제 보았던가

눈에는 봄이 보이는데
명치끝이 시리다.

문병(問病)

오랜 벗 시간(時間)에게 이상한 일이 생겼다
호흡이 전 같지 않고 거칠어진 것이다
창백해지더니 몹시 힘들어한다
어딘가가 분명히 안 좋은 것 같다

맨날 맨날 풀떡 풀떡 약 올리듯 잘도 달리더니
오늘은 쿨럭대며
자꾸만 뒤로 처진다

온 군데로 풀렁대며
낮밤 모르고 활개 치던 시간 입자(粒子)들이
묘한 신음을 뱉어낸다

추위나 더위에도 끄떡없던 건강한 입자들에게
무슨 일이 생긴 걸까?

전진(前進)만을 뽐내던 시간에게

단단히 탈이 생긴 모양이다

며칠 후 병문안을 가서
이 말을 해주고 왔다

"시간아, 언제나 쉼 없이 앞으로만 내달아서
탈이 난 거야
이제는 쉬엄쉬엄 가는 법도 배워보지 않으련?"

오월… 아버지 환영(幻影)

오랫동안 지나쳤던 아침 산행
숲의 아름다움
무언지 모를 갈망을 안고
그곳으로 들어갔다

바람이 분다
바람이 감촉된다

얼굴로 와닿다가
가슴속으로 들어와
머무는 듯하더니
어느 결에 슬며시 나가버린다

숲속 한 켠에서
작정을 마련한 듯 잠잠하다가
바람이 다시 찾아와준다

나를 향해 말을 걸어온다

무슨 말로든 다가가고 싶어진다
무슨 말인가로 응답하려 하는데

바람은 이내 냉연하게
사라져버린다

내게 다시 찾아와주겠지
한 조각 작은 간절함을 안고

한참 동안 그 자리에 서 있었다.

당신 생일

사랑하는 당신
매일 보면서도 그리운 당신
당신을 떠올리면 그런 순간마다
기쁨 한 덩이 슬픔 한 움큼이 밀려오는구려
보석 같은 아내와 같은 여정에 있다는 기쁨과
떠올리는 순간 퍼뜩 가슴으로 파고드는
번져짐과 미어짐의 슬픔
그런 기쁨과 슬픔이오

사랑보다 더한 사랑이라 여기며
행복보다 더 행복하게 결혼한 젊은 날이 있었소
우리의 그날들은 분명 파아란 맑은 하늘이었지요
잔뜩하게 구름 덮인 그런 날도 없진 않았겠지만
잔비 내리는 봄날도 있었겠지만
그냥 별나지 않게 보낸 시간들이었고

흰 구름도 뭉게 되어 떠다니던 그런 날들이었소

늘 하는 일 많아
자는 듯이 자보지 못하는 당신을 보면
얼굴이 달아오르고
가슴속 어딘가가 쓰릿해지는구려
집안사람들에게나 타인들에게
드러낼 줄 모르며 헌신하는 당신을 떠올리면
고맙다는 생각보다
부끄러운 마음이 먼저 되어짐을 숨길 수 없소

나만의 연못 어쩌구, 나만의 주파수 어쩌구,
그러면서 보이지 않는 격을 만들었던 나를 용서하오

언제부턴가 일상의 나의 기쁨과 슬픔이

당신에게서 비롯된다는 것을 알게 되었소

당신과 나, 나와 당신
보이지 않는 그 무엇에 우리가 닿아 있고
또 친친 묶여 있다고 생각하오

서로 붙잡아주고 아껴주는
한 덩어리 부부로
흉하지 않은 부모로
진정, 하루하루가 귀한 날이 되고
매일 매일이 생일인 것처럼
빨강 파랑 두 손에 풍선이라도 들고
누리며 삽시다.

낮잠

펄떡대는 낮 시간, 그 속을 무심히 들여다보다가
공연한 심술이 생겨서 가운데쯤을 눌러보았다
쉽게 짜부라지는 듯하더니
양쪽으로 나뉘어져 다시 솟아올랐다
갑자기 물체처럼 튀어 올라온 시간이란 놈이
괴물처럼 섬찟해져서 눈을 감아버렸다
우주의 중앙을 누워서 한 시간 정도 눌러준 셈이다.

나들이

맨날 맨날 정신없이 바쁜 마누라

내년이면 점입가경일 것 같고

세상 구경하느라 낮밤 모르던 딸내미도

어느새 성숙의 구비를 돌고 있으니

나도, 쓸쓸 타령 아니면 어불성설 넋두리들

이제 그만 접고

늦가을 나들이길 한번 나서자고 해야겠다

모처럼 셋이서 한갓진 얘기도 할 겸

추워지기 전에 한나절 쏘옥 끄집어내어

집에서 멀지 않은 파주, 문산 길이라도 다녀와야겠다.

가고 오는 길도 좋겠지만

나중 추억도 좋을 것 같다.

한 해를 넘기며

무어라 꼬집어 말하기는 쉽지 않지만
거뜬거뜬 보내지 못한 날들이었다
투정 부리며 염려하며 방자하며
붙잡힌 듯, 달아나는 듯
그런 꼴로 보낸 시간들이었다

행운유수(行雲流水), 좋은 말이지, 그렇게 살아야지
만사형통(萬事亨通), 더 좋은 말이지, 거칠 것이 없네
막히면 뚫어야지, 자빠지면 얼른 일어나야지
쑤시면 진통제 먹고,
결리면 물파스 사다가 발라대야지
추우면 껴입고, 고프면 먹어야지

세상살이 힘들다고 누가 그러더냐?
시절이 어떻다고 누가 그러더냐?

알쏭달쏭*

그리움이 뭐냐고 할머니께 물었어요
무지개 같은 거래요
아하! 무지개 본 적 있어요

그리움이 뭐냐고 할아버지께 물었어요
코스모스 같은 거래요
아하! 코스모스도 알아요

무지개도 코스모스도 잘 알지만요
그런데 그리움도 그것들처럼 예쁜 걸까요?

이다음에 알게 될 거라고 웃으시네요
이다음엔 정말 알게 될까요?

할머니 그리움

할아버지 그리움

알쏭달쏭 그리움.

* 작곡가 최윤진 교수(중앙대)가 동요로 작곡함.

그냥 나무를 보면 올라가고 싶었나 봅니다

어릴 적부터 혼자 놀다가 나무를 보게 되면
궁뎅이 쭉 뽑고 굵은 가지 골라잡으며
스극스극 올라가길 좋아했었어요

아지랑이 속살거리는 봄날이 오면
팽그르르 홀려서
우물가 옆 벗나무를 자주 찾았었구요

살랑거리며 바람 불던 어느 날 늦은 무렵
느티나무 높은 곳까지 올라갔다가
쿨커덕 겁이 나서
눈 꽉 감고는 한참 동안 매달려 있었네요

쓰르라미 소리 촬촬 온 군데 울려 퍼지는 여름날에
나도 모르게 앞산으로 들어가
나무늘보처럼 느윗느윗 나무를 타며

쓰르라미 소리 그칠 때까지 놀기도 했었어요

상수리나무. 뽕나무. 밤나무…
이 나무 저 나무
많이도 오르내렸어요

오르기 전 나무 밑에서 올려다볼 때나
타고 올라 나무 위에서 내려다볼 때나
무슨 생각을 했었는지
무슨 마음으로 그랬었는지
지금도 알아지질 않아요

그냥 나무를 보면 올라가고 싶었나 봅니다.

세3부

오월… 산책

초봄가(歌)

봄의 처음은 늘 어수선하다. 어딘지 헐거운 듯하다. 무분별하고 무언가 성급하다. 스스로에게 허세를 부리기도 한다.

뜻 모를 묵직한 찬비로 춥다가 느닷없이 따뜻해져서 대지에서는 모락모락 김을 내뿜더니 저녁에는 기온이 사뭇 내려가고 이내 어처구니없는 눈발이 날린다. 조용히 눈발을 바라보다가 내 생각들도 그들처럼 분산되어 날아다닌다.

차츰 나의 과거의 시간들은 응결되고 각양의 생각들 속에 시간은 또 흐른다. '빛과 그림자를 자를 수 없듯이 시간도 구분하여 자를 수 없겠지.' 멈추지 않고 흘러만 가는 시간 앞에서 그런 상념에 젖는다. 누군가에게는 고이든지 쌓인다고 생각될 수도 있겠지만…….

발가벗은 상념들이 겹겹으로 층을 이룬다. 불현듯 내 몸 내부 어딘가에서 찌르륵 통증이 느껴진다. 창문을 열고 슈읍~ 산 공기를 마신다. 무척 감미롭다. 짧은 순간이지만 비길 데 없는 행복을 느낀다.

묵지근하니 어둠이 깔려 오리나무, 소나무 등은 그 자태를 볼 수 없으나 삐쩍삐쩍한 아카시아는 짐작이 가고 한쪽으로 희 끗하게 은사시나무가 보인다. 새소리도 들리지 않는 고요한 밤 숲이다. 고집스러운 태고의 침묵처럼 적막이 깔린 적요의 밤이다. 흡인(吸引)하면 진공(眞空)이 쑤욱 빨려 나올 것 같다. 높이 자란 은사시나무 너머로 멀리 달이 보인다.

뿌리개가 달려 있는 것처럼 우수(憂愁)를 적셔서 뿌려내는 달, 그 실루엣이 무척 쓸쓸해 보이지만 익숙해서 친근하다.

〈콜 니드라이〉를 듣는다. 어렴풋이 내가 세상의 실체들과 단절되어감을 느끼게 된다. 〈하이든 첼로 협주곡〉을 듣는다. 첼로 선율이 등뼈를 타고 내려간다. 움쭐거리는 감정선……. 내 몸이 삶의 바깥에 놓이게 되는 듯하다. 아프도록 행복하다.

다시 슬며시 핼쑥한 달을 쳐다본다. 늘 한쪽만을 보여주지만 달 그 자체가 영혼을 가지고 있는 것 같고 어쩐지 나의 영혼도 그것과 합쳐지는 것 같다.

　하루하루 잊지 않고 찾아오는 날들처럼 어김없이 찾아와준 봄. 이번 봄은 지난겨울 시작부터 은근히 소망했었다.
　라일락 향기 황홀한 본격적인 봄을 기다렸지만 어수선한 초봄의 마중도 유별(有別)한 접촉이라 찌릿했다.
　풀숲을 스치며 허튼 산바람이 사라진다.
　초봄의 하루는 짧은 듯 긴 것 같다.

누리장나무

산 밑에 살아서 보통 저녁 시간에 동네 산책을 하는데 오늘은 아침에 올라갔다. 산 중턱쯤에 이르러 계곡의 맑은 물에 혀를 대본다. 차가운 감촉이 새롭다. 약수터 부근, 누리장나무의 진한 내음이 코끝으로 다가온다. 누린 냄새가 별로 좋지 않다 하여 누리장나무라 하였다는데 나는 그 은근한 냄새가 좋아서 일부러 가지를 당겨 잎사귀에 코를 들이대어보았다. 늘 돌 밑에 깔려서 살고 있는 듯했던 우울한 기분이 누릿한 냄새와 함께 말끔히 사라지는 것 같다.

자연의 인간에 대한 구원자적 요소는 자신의 존재를 잊어버리게 하는 데 있다고 하던데, 누리장의 냄새에 그 누군가의 말뜻을 알 것 같다.

이 시간에 누군가 나에게 무엇 때문에 살아가고 있느냐고 물어온다면 단박에 "누리장나무 때문이야요" 할 것 같다.

언젠가 누리장나무 잎새의 윤기나 흰 꽃향기에 둔감해질 줄도 모르면서 그렇게 선뜻 대답하리라.

오월… 산책

불쑥, 껍쑥대며 다가온 오월.

아침엔 온통 회색빛 하늘의 배경색이 못마땅해서 그랬는지 해가 모습을 드러내주지 않더니 지금은 뿌연한 빛 반 바가지 정도를 뿜어내준다. 적당한 비를 머금고 나뭇잎들은 제법 푸르러졌고 더욱 넓어간다.

창밖을 내다보며 오후의 한가로움에 젖어본다. 풀꽃처럼 짧을 이 땅에서의 삶 속에서 지금 이 시간, 내가 존재하고 있다는 기쁨이 더욱 생생하게 느껴진다. 누구나 각자의 삶을 이어왔고 또 이어갈 것이다. 나도 그 삶의 대열에 끌리듯 홀리듯 뒤따라가고 있다. 〈First of may〉를 듣고 무언가 움직거림을 가져본 것이 바로 몇 날 전이었는데 벌써 중순에 다가가고 있다. 삶의 모가지 뼈 속으로 통증이 느껴진다. 하루하루 시간의 밑바닥을 훑으며 인생이란 것을 감싸고 있는 휘장을 벗겨서 궁극으로 그것의 진면목을 파헤쳐 보고 싶다. '인생의 간지러운 유희' 그 허상 속에 감추어진 아찔한 진수가 분명히 있을 것이라는 생각을 나이 먹을수록 자주 하게 된다.

허무든 쾌락이든 아니면, 전혀 상상 밖의 어떤 추상이든, 불려가는 날까지 내 삶, 그 지향의 우듬지로 삼고 들여다보려 한다. 고독할 것이다. 그러면 어떠랴? 처절할 것이다. 그러면 또 어떠랴?

내 앞에 고독이 실체를 가리고 자주 얼찐거린다. 하지만 친숙해지면 친숙해질 만하다. 끈닥지게 달라붙는 허무가 뿜어내는, 불가해한 모호함의 총화가 우리 인생의 속 것이라 한다면 내가 도무지 무슨 사려를 가지고, 무얼 어떻게 하며 그것의 바닥을 파헤쳐 보겠단 말인가? 혹시 깔린 마음에서는 무슨 뜻밖의 법열스러운 환희를 기대하고 있는 건 아닐까?

아! 언젠가는 피안의 어느 곳엔가로 가게 되겠지. 걸거치는 일 없이 홀가분하게 그 동산을 거닐 수 있을까? 라일락 향기 온 군데 깔려 있고 새소리 물소리 어우러지는 그곳에서 헤세를 그리워하며 살살 거닐 수 있게 될까?

세비꽃

　일요일 아침. 집사람에게 뒷목과 어깻죽지가 갑자기 아파서 교회에 빠지겠노라고 했다가 싸움이 되어버렸다. 번데기 앞에서 주름을 잡았으나 쑤시고 결리는 쪽의 얘기를 누구 안전에서…….

　집을 나서자마자 산으로 향했다. 싸움 끝이라 편치 않을 인상으로 사람들과 마주치게 되는 것도 싫어서 맨날 다니던 등산로가 아닌 그냥 숲속으로 콱 박혀버렸다. 오랜만에 숲 같은 숲을 쏘다니면서 홀가분함을 만끽했다.

　뱃가죽에 오렌지 빛깔을 띤 딱따구리 같은 새도 보았고 지들끼리 이상한 소리로 찍찍대며 희득거리는 누런 새들도 한참이나 올려다보았다. 비 온 끝의 계곡물이 하도 맑아서 납작 엎드

려 코 박고 몇 번씩 마셔보았고 돌들을 들썩대며 가재 찾기도
해보았다. 쭉 뻗은 이름 모를 나무를 팔로 싸 감아도 보았고 밑
동의 튀어나온 뿌리 아래쪽을 막대기로 후벼파기도 했다. 뻘건
진달래로 뒤덮인 진달래밭에 파묻혀 찔끔 눈물도 흘려보았다.
그러다가 갑자기 쓸쓸해지고 집 생각이 나서 산을 한번 품어보
고 붉은 진달래들을 뒤로 남긴 채 내려왔다.

　그리고 거지반 다 내려와서 캔 제비꽃 몇 송이를 아내 방 곁
에 심어주었다.

버찌

산책길에서 가로수로 심은 벚나무들이 즐비한 곳에 이르렀다. 다른 나무들은 버찌가 이제 막 열려서 빨개지기 시작하는데 이상하게도 한 그루만 벌써 까맣게 익은 버찌들이 달려 있었다. 눈에 들어왔다. 도둑놈이 훔칠 찬스를 포착한 듯이 몸이 후끈해져서 지체 없이 가지를 끌어당기고는 따기 시작했다. 그런데 갑자기 "할아버지~ 저도 따도 되나요?" 내 손주 또래의 아이가 자기 엄마와 함께 다가오면서 말을 걸어왔다.

"되구 말구. 같이 따자~ 그런데 네가 버찌를 어떻게 알았니? 요즘 애들은 모르고, 먹지도 않던데." 하니까 "저기서 우리 엄마가 가르쳐주셨어요. 할아버지~ 저는 한 번만 들어도 알아요." 하며 자기 엄마 손을 잡는다. "내가 따줄게." 하면서 아이 엄마가 따기 시작했다. 잠시 후 내가 "너도 따봐라." 하며 아이를 번쩍 들어 올려서 몇 개 따도록 해주었다. 무척 좋아하는 아이 몸은 따뜻했다. 그러면서 슬쩍 옆을 보니 아이 엄마가 터뜨리지도 않고 야무지게 잘도 따고 있었다. 나는 속으로 '아서라. 왜 그리 욕심을 내누~' 하면서도 겉으로는 "따보셨나 봐요? 안 떨어뜨리고 잘 따시네~" 했다. 컵에 버찌가 반쯤 찼을 때 나는 "얘야, 할아버지는 갈게, 또 보게 되면 보자구." 인사말을 던지고 돌아서서 가는데, "할아버지!~ 여보세요!~" 하면서 아이 엄마가 아이와 함께 달려왔다. "컵 이리 주세요." 하면서 내가 한 쪽 손에 들고 있던 컵을 뺏듯이 당겨가더니 자기가 양손 가득 땄던 버찌를 내 컵에 쏟아부었다. "저는 아이와 재미 삼아 땄던 거예요. 얘와 두 개씩만 가지면 돼요. 할아버지~ 꼭 씻어서 드셔야 해요." 하는 게 아닌가? 나는 순간 '버찌 따기 대회'라도 있으면 나갈 듯이 버찌를 훑던 여자가 이렇게 고운 여자였던가? 하는 생각에 얼굴이 확 달아올랐다.

약수터 벤치에 앉아서 '어쩌니 저쩌니 해도 아직은 정이 흐르는 세상에 살고 있구나!' 라는 생각을 하며 버찌를 하나하나 들여다보면서 입술이 퍼래지도록 먹었다. 철 이른 버찌가 제법 굵고 달콤했다.

Summertime

    강렬한 여름 햇살이 잔혹하게 나무를 훑으며 내리쬐고 있다. 갈색 흙길 위에 탁탁 꽂힌다. 동네 어귀 화원 앞 뜰에는 타는 듯한 붉은 칸나들이 우뚝우뚝 서 있다. 멀리서 봐도 매우 정열적이다. 제풀에 뭉개져버릴 것 같은 칸나의 붉디붉은 빛깔이 나의 숨겨진 관능을 찌른다. 로랑생의 그림 속 여자처럼 가녈가녈한 여인이 화초에 물을 주고 있다. 파란 물초롱에서 뿜어져 나오는 가는 물줄기들이 햇빛에 반사되며 은빛 가루를 날린다. 나도 모르게 화원 앞에 멈춰 서서 한참 동안이나 황홀함 속에 빠져 있었다.

    하늘엔 분명 구름 한 점 없었는데 어느 결에 어제 본 것 같은 흰 구름들이 또 그 모습을 보이고 있다. 그중 가까운 구름 하나와 눈을 맞추려는 순간 급세 모양이 허물어져서 멀리 사라져 버리고 만다. 그런데, 잠시 후 어디선가 작은 구름들 몇 개가 허겁지겁 또 나타났다. 반가운 마음에 말을 걸어본다. "급할 것 없는 세상이랍니다. 천천히 내게 다가와도 되지요." 하니, 무안을 당한 어린아이처럼 큰 구름 뒤로 얼른 숨어버린다. 그러다가는 순식간에 작별의 시늉도 없이 사라져버린다. 보였던 구름이 갑자기 사라져버리면 어쩐지 허숩한 게 쓸쓸해지기까지 한다.

조금 전까지도 작열하는 태양이 위세를 부리던 칠월의 하늘이었는데 갑자기 사방이 어둑해지더니 비가 세차게 뿌린다. 빗줄기가 굵어서 몇 줄기씩 그 모양이 눈에 수월하게 들어온다.

어느새 땅바닥이 파이는 곳도 생기고, 흙물은 낮은 곳을 찾아 꾸루럭 꾸루럭 소리를 내며 급류처럼 마구 흘러 내려간다. 하늘이 온통 흐리고 멀리서는 번개까지 한두 번 휘번덕거리더니 먼 산 쪽으로 내려친다. 비는 쉽사리 그칠 것 같지 않다. 쏟아져 내리는 거센 비에 안경을 벗고 고개를 바짝 쳐들고는 얼굴을 대어보았다. 얼음처럼 찬 느낌이 확 들어온다. 갑자기 마음속에서 현기증 같은 것도 일어난다. 정신을 차리고, 쏟아져 내리는 비에 수둑수둑 세수를 해본다. 몸과 마음이 청신해지고 어떤 활력이 느껴진다. 내 몸 안에 흥건하게 고여 있던 우울한 것들이 멀리 사라져버리고 삶에의 싱싱한 의욕늘이 한꺼번에 몰려 들어오는 것 같다.

빗물이 튀는 빗길을 처덕처덕 걷는다. 오랜만에 진흙 냄새 물컹대는 빗길을 홀로 걷는다. 그렇게 한참을 걷다 보니 날은 다시 말짱하게 개었다. 제법 바람도 선선해지고 여름 옷이라 옷도 금세 말랐다. 땀을 많이 흘려서 그런지 시치근한 땀 냄새가 풀썩거릴 때마다 코로 스며들었다. 그렇지만, 이 순간에는 살아 있다고 하는 것에 스스로 대견하다는 생각이 들어서 집으로 향하지 않고 산으로 다시 들어갔다.

비 온 뒤의 산은 온통 푸르름의 절정이다. 흙냄새와 풀 냄새도 코를 찌른다. 일부러 들이마시려 하지 않아도 절로 온몸으로 습북습북 스며든다.

새들이 신이 나서 노래를 부르고 쓰르라미들도 목청껏 소리를 낸다. 찌는 듯한 더위 탓에 무슨 소리든 소음으로 들렸었는데, 시원한 쓰르라미 소리가 온 산에 울려 퍼지니 나의 울결했던 가슴도 금세 뻥 뚫리는 것 같다.

해는 아직도 산등성이에 걸려 있다. 장엄한 낙조의 풍경을 보기 위해 부지런히 또 걸었다. 새빨간 석양이 노을을 막 문질러놓고 있었다. 이맘때쯤의 불붙는 저녁노을의 색조는 참으로

경이롭다. 약간 들뜬 마음으로 그것을 바라보고 있으면 이런 장관을 거의 매일 내게 펼쳐 보여주는 하늘이 무척 고맙다는 생각이 든다. '달이 지구를 지켜주듯 저 하늘은 나를 지켜주고 있구나'라는 생각도 가져본다.

해는 졌지만 어둠은 더디 왔다. 나는 언젠가부터 산에서 맞이하게 되는 이 정도의 어둠을 무척 좋아하게 되었다. 그냥 빈 산에서 주변을 무연하게 둘러보기에 알맞은 어둠이다. 잠시 후면 꺼뭇하니 밤이 찾아올 것이고, 그 밤이 스러지고 나면, 아슴푸레 아침 햇살이 천지에 퍼질 것이다. 그런 후에 어김없이 한낮의 푸짐한 햇볕이 또 내리쬘 것이리라.

찐득한 여름이 지나면 선선한 가을이 오겠고 이내 창백한 흰 겨울이 또 찾아오리라. 그 겨울이 가고 나면 누구나에게 무던히도 기다려지던 감미로운 봄날은 해사하니, 어느새 우리 곁에 와 있을 것이다.

이렇듯 정연한 계절의 순환 속에서 나는 과연 어디를 향하여 어떻게 가고 있는 것인가?

이런저런 생각을 하면서 여름 산길을 걷는다.

가랑비

처서가 지난 늦여름이다. 아침부터 가랑비가
내린다. 창문을 여니 서늘한 바람과 함께 찬 느낌이 들어온다.
내 몸이 저절로 오므려진다. 그렇지만 저 비가 태양에 들입다
증류될 때는 얼마나 뜨거웠을까? 순식간에 참혹하게 식어버릴
때는 또 얼마나 추웠을까? 전에는, 내리는 비를 때에 잘 맞춰
들여다보고 있으면 츨깃거리는 그 소리와 함께 내 마음의 과녁
에 무언가가 찌르고 들어오는 느낌이 들어와서 그럴 때마다 어
떤 감흥이 생겼었는데, 오늘 아침에는 왠지 비의 떨어지는 가
락 가락들이, 위에서 누군가와 낯 붉힐 일이 있었는지 표정이
나 동작이 영 딴기적고 떠름하니 전에 같지 않다.

나도 오늘은 설렘이 안 생기고 그들과 굳이 눈 맞춰가며 교

제하고 싶은 생각이 들지 않아서 그저 옛 정리에 부쳐 눈인사를 나눔에 그쳤다. 헤어나지 못하면 그럴수록, 혹은 헤어남의 시간이 더디면 더딜수록 내게 다가올 어두운 번뇌의 그림자를 너무나 잘 알고 있기에, 어쩌다 터득했던 각양의 방법을 써가며 스스로를 다독거려보지만 영 활력이 내게 다시 돌아오려 하질 않는다.

하루하루의 시간들이, 맑은 시냇물 흐르는 듯 무리 없이 순탄한 삶이길 염원하지만, 그러한 삶은 자꾸 나를 외면하려 하는 것 같다. 갈수록 더분더분하게 살아지질 않는다. 늘 데데한 우울과 의기소침의 건덕지들이 나를 떠나지 않고 바짝 붙어서 끈덕지게 잘도 따라다니고 있다.

아! 내 가슴에 그동안 지석지석 쌓인 우울과 권태의 단(壇)은 그 높이가 얼마나 될까? 왜 여전히 나는 나 자신을 아우르지 못하면서 살아가고 있는 걸까? 절박한 일에 부딪쳐봐야 비로소 사람이 된다는데 절박하고 절실한 일이 그동안 내게는 생기지 않았었을까? 나이 먹을수록 생각이 닳아져서 점점 더 객소리만 많아지고, 직수굿하니 쇠 빠진 쑥잎처럼 시들하게 그저 살아져가고 있는 것만 같다.

늘 소쇄한 마음을 지니고 내 일이나 주변의 일에 대뜸 나서

서 개운하게 만들고, 누구에게든 너그럽고 부숭부숭한 그런 사람이 되지는 못하는 걸까? 그런 건 당최 나와는 거리가 있는가 보다.

주방에서 커피포트가 훌떡거린다. 뜨거운 차 한 잔 마시며 마음의 평온을 찾아야겠다. 희망의 발판이 뭉개져버릴 것 같다는 생각이 들 때, 삶의 행로가 어딘지 우울의 극지로 행해 가고 있다는 생각이 들 때 음악은 나의 심사를 바꿔주곤 했었다.

〈스메타나 피아노 트리오 op.15〉와 〈베토벤 코랄 판타지 op.80〉를 처음 들어보는 사람의 마음으로 들어본다.

저녁에 K와 한잔하기로 했었는데 즐거운 시간이 될 것 같다. 가랑비는 이제 멈춰졌다.

낙일(落日)

        평펑 햇볕 내리쬐던 한여름의 기세는 그 풀이 꺾이고 보도 가에 심어진 나무에서나 바라보이는 산의 윤곽에서 가을이 보이기 시작한다. 아직도 숲에서 매미들의 합창이 들려오는 듯하고 밤까지도 숙이지 않고 우쭐대던 태양의 열기가 사방에 깔려 있는 듯하지만 찬란했던 여름은 분명 그 무대에서 사라졌고 어느덧 불쑥 가을이 다가왔다.

    짧은 이 가을 뒤에 눈 내리는 긴 겨울이 오고 또 가고…… 이렇듯 계절은 무한한 시간 속에서 그 순환을 반복하겠지만 어릴 적 달리는 기차 안에서 내다보았던 쏜살같이 지나가버리는 풍경들처럼 아무튼 시간은 그렇게나 빨리 휙휙 우리 곁을 지나가버린다. 자기 마음대로 흩어져 사라져버리는 시간 앞에서 우리는 그저 구경이나 하는 수밖에 어쩔 도리가 없다. 신이 만들어 낸 것이 시간이라면 날 위해 만든 시간은 얼마만큼일까? 나무 이름 풀 이름 알고, 새 이름 벌레 이름 알아가는 재미, 그것들을 들여다보는 재미로 사는데 언제까지 그럴 수 있을까? 언제까지 브람스, 보테시니, 스탄 게츠 등을 들을 수 있게 될까? 때가 되면 영락없이 말린 고추 거두듯이 거두어 가실 텐데. 난 정말 자연과 음악을 두고 이승을 떠나고 싶지 않다. 므두셀라처럼 오래 살며 그것들과 밀착되고 싶다.

어느덧 젊은 시절은 다 지나가버렸고 중년을 넘기고 있는 지금, 바위에 앉아 있자니 이런저런 생각들이 끝없이 이어진다. 무언가 망각하고 싶은 것이 많은 것 같기도 하고, 되살려서 다시 뭉클해지고 싶은 것도 있는 것 같다. 문득 소리 없는 미모사 잎의 떨림 같은 미세한 떨림이 감지된다. 어설프지 않고 맵시 좋게 살고 싶었는데 지금까지는 아무래도 민적대며 허투루 살아온 것 같다.

많은 생각에 잠겨 있다 보니 어스름하게 황혼이 되어온다. 바위 틈서리에 핀 이름 모를 껑충한 흰 꽃이 낙일(落日)을 받아 누르스름하게 보인다. 우묵한 곳에 아직 고여 있는 물을 마시느라 다람쥐가 홀짝거린다. 기척이 있음에도 이동하지 않고 물을 마시고 있는 모습이 귀엽고 친근하나. 시냇면에 왔을 때 죽은 나무라고 생각했던 나무에서 때아닌 싹이 올라오고 있다.

어둠이 내려앉으면서 마음이 편안해진다. 하늘에서 첫 별을 찾아본다.

선물

산을 다닌다. 연인과 교제하는 듯한 기분으로
다닌다. 북한산을 주로 다니고 백련산과 인왕산도 편하게 오를
수 있어서 산책 삼아 자주 다닌다. 아무 때나 문득 어떤 지점,
샛길, 끌렸던 나무, 맑은 물, 삐죽거리며 가까이 날던 새, 느릿
느릿한 구름 덩이 등이 떠오르면 지체 없이 향한다.

미리 마련된 계획으로 가는 경우보다 오후 늦은 산그림자가
나를 기다릴 것 같고 어치가 왔다 갔다 거친 소리를 내며 날 찾
을 것 같다는 생각이 들면 튕기듯 집을 나선다. 봄 여름 가을에
는 줄곧 다니지만 겨울에는 함박눈 확 덮였을 때나 간다. 나의
현재에 무언가의 변화가 필요한 것 같고 생각이나 생활에서 사
사로움에 매이는 듯하고 산발적인 권태가 생겨서 찌뿌둥할 때

는 어지없이 산으로 스며든다. 그러고는 저녁 늦게나 밤까지 침묵을 익히면서 사색에 푹 빠진다. 작정하고 젖어든다. 드물게 이마에 불빛 두른 사람들과 마주칠 적이 있긴 하지만 거의 사람 없는 큰 산에 혼자 있게 된다. 아무도 없는 밤의 산은 나에게 지락(至樂)을 준다.

생각의 뭉텅이들을 숲에 파묻혀 둥둥 띄우기도 하고 나무들과 무언의 대화를 한다. 자연은 말 그대로 '저절로 그렇게'일 따름이지 일부러 꾸민 그 무엇이 없어서 매우 좋다. "오늘 밤도 당신을 기다리고 있었어요. 가슴에 혹시 근심이 담겨 있으면 저를 마음 놓고 마셔보세요." 내가 가면 이렇게 속삭이듯 계곡물이 나를 올려다본다. 홀까닥 물약 들이키듯 떠 마실 때도 있지만 "고마워. 언제까지나 너를 찾아줄게."라는 응답과 함께 눈을 맞추어가며 살살 마신다. 그러고 나면 뭉터덩했던 생각들이 명료해지고 청신해져서 몸뚱이마저도 가뿐하니 날 듯해진다. 허술한 쓸쓸함도 생래적인 어쩔 수 없는 외로움도 자질구레한 번민들도 다 사라진다. 마음의 평화를 얻고 자유로움을 만끽한다. 자연이 얹혀주는 소중한 자유와 평화로움. 난 들뜬 마음으로 그걸 그대로 받는다.

나뭇가지나 꽃가지들이 뿌려주고 맑은 계곡물이 전해준 귀

한 선물을 배낭에 가득 담아서 조용히 깔리는 어둠을 뒤로히며
하산한다.

나비 효과

산길을 걷다가 우연히 소나무 밑 한쪽에 마련해둔 빨간색 연장함이 비스듬히 열려 있는 걸 보았다. 불현듯 삽으로 땅을 깊숙이 파서 구덩이를 만들고 싶어졌다. 이런 생각 끝에 바로 삽을 꺼내들고 숲으로 조금 더 들어갔다. 배낭의 물병과 수건도 다시 한번 확인했다. 지점을 길쭉한 바위 옆으로 정하고 파 들어갔다. 비가 온 후라 흙이 물러서 처음엔 수월했는데 파 들어갈수록 단단해져서 제법 힘이 들었다. 얼마간을 그렇게 하다 보니 땀이 얼굴과 가슴으로 비 오듯 흘러내렸다. 물을 들이마시고, 흘러내리는 땀을 닦아내면서 파놓은 작은 구덩이를 바라보고 있으니 진한 흙냄새와 나무 냄새, 산의 냄새가 물씬 코로 스며든다. 마음껏 흡입해본다. 원시적인 그 어떤 장렬한 내음에 흠뻑 섞어 늘었다. 직박구리 두 마리가 땅 파는 소리가 거슬렸던지 찍찍거리며 주변에서 부산을 떤다. 파 놓은 구덩이를 바위에 앉아 내려다보며 생각에 잠겨본다. '나이아가라는 언제까지 그 많은 물을 그렇게 사정없이 쏟아낼 것이며, 사하라 사막의 모래 바다는 그 냉혹한 은빛을 으스대며 과연 언제까지 그렇게 존재할 수 있을 것인가?'

오늘 오후의 나의 돌연한 작업으로 인하여 이 거대한 지구 덩어리의 축은 얼마만큼 흔들렸을까? 이런 생각을 하며 망연하게 앉아 있다가 나도 모르게 오스스 몸이 떨려와서 삽을 거두고 숲에서 빠져나왔다.

효자동 구두

　　얼마 전 효자동에서 어쩌다가 목이 긴 세무 구두를 맞추었다. 여성들이 신는 겨울 부츠보단 약간 짧지만 모양이 빼들하니 클린트 이스트우드 같은 사람이나 신을 것 같은 웨스턴 스타일이었다. 정류장에서 버스를 기다리다가 문득, 외로움이 눈에 가득 고여 있었지만 열심히 구두를 만들고 있는 할아버지에게 끌리어 그 가게에 들어서게 되었다. 사십 년이 넘는 세월 동안 바로 그곳에서 신발을 만들었다고 하시는데 자신의 일에 대해 상당한 애착을 갖고 계신 분 같았고 그래서 신뢰 또한 쉽게 갔다. 어른이라 가격 흥정은 생략하고 선선하게 일을 끝냈다. 그 후 구두 찾던 날은 기대감에 아침부터 마음이 설레었다. 집으로 돌아올 때는 무턱대고 자랑하고 싶은 마음에

버스 안에서 다리를 꼬고 앉아서는 한쪽 발을 쳐들었다. 구두 색깔과 맞추느라 베이지나 브라운 톤의 옷을 찾아 입고 사람 많은 교보문고도 가고 빈 소년 합창단 내한 공연장에도 갔다. 누가 보자고 하면 지체없이 신고 나갔다. 햇살 퍼진 날이나 찌푸린 날에도 살살 걷든가 역동을 주어 걷든가 하면서 기분 좋게 돌아다녔다. 발이 편하니 마음도 편해지는 것 같았다. 신발을 벗는 음식점에선 사람들 눈이 쉽게 닿지 않는 신발장 한쪽에 목을 접어서 숨기듯 두었다. 청바지 입을 때나 제대로 입을 때나 마치 읍내에 선보러 나가는 총각처럼 신경깨나 썼다. 여름 오기 전에 부지런히 신었다. 그런데 보아주는 이가 있나 살피기도 했지만 아직까지 눈을 주었던 사람이 없었던 것 같고, 괜찮다고 말해준 사람은 더더욱 없었던 것 같다. 그래도 여름 지날 때까지 신문지 구겨 넣어 신발장에 잘 모셔둘 거다.

가을이 오면 어디를 가보나?

미망(迷妄)

요즈음은 몇 시절 전의 시간과, 아침과 밤조차 구분하기 어려운 아찔한 현재의 시간들이 같이 굴러가고 있는 것 같다. 속마음으로는 제대로 갈 곳으로 가고 있구나 하는 안도감도 든다. 그리고 이런 행로를 어디까지라도 헛디딤 없이 잇고 싶다는 생각이 든다. 노름꾼 같은 욕심마저 생긴다.

대관절, 인간의 삶이란 무엇인가?

나는 삶의 끝에서 어떤 형상을 보이게 될 것인가? 머지않아 영락없이 맞닥뜨리게 될 차가운 정적이 두렵다. 누구나 서늘한 돌덩이 위에 앉아야만 한다면, 나만은 몰래, 따뜻한 햇볕에 한참이나 달궈진 널따란 바위 위에 앉고 싶다. 시치미 한번 딱 떼고 그렇게 오래도록 앉아 있고 싶다. 최초의 사자(死者)가 아벨이라며 최후의 그 사람은 내가 되고 싶다는 미망(迷妄)에 빠져본다. 묵묵히 인내하는 눈에 익은 나무들이 곁에 서 있다. 숲의 정적이 그윽하다. 그 속에서 은밀하게 바뀌는 계절의 변화가 보인다. 그 순환의 냄새가 코에 스민다.

"수월한 인생이란 없는 거예요."라고 내게 말하는 듯 새 한 마리가 까딱까딱 하다가 날아가버린다.

여느 날과 달리 오늘은 산에 습기가 좀 있다.

우문(愚問)
– 방자함의 허물을 용서하소서

뻔한 말이 되겠지만 터놓고 묻겠습니다.

누구나 세상에 한번 휙 던져져서, 들썩거리고 우쭐대며 살다가 자신도 모르는 새 세상 어느 후미진 곳으로 내몰리어 죽음의 그물에 사로잡히고 맙니다.

한술 더 떠봅니다. "구십을 넘게 산 사람이오. 인생길 험난했소이다." "자손 얘기 좀 들어보시겠소?"

다른 이들보다 이승에 좀 더 머무르고 있는 사람들은 은근하게 '세상 달관'을 내보이곤 합니다. 그럴 만하겠다는 생각이 들지요. 하지만, 몇백 년을 세상이란 곳에서 옥토만을 밟고 살았다 한들 그게 무슨 대수가 되겠습니까? 누구나 무한한 시간 속에서 그저 찰나에 불과한 짧은 동안을, 아찔하게 꼭대기 가지

끝에 매달려 두리번거리다가 불현듯 다가온 죽음의 냄새를 맡게 되면 흠칫 한번 놀라볼 겨를 없이 툭! 아래로 떨어져버리고 말겠지요. 그리곤 아무도 모를 어디론가로 사라져버리겠지요? 땅바닥에 내리자마자 흔적 없이 사라지고 마는 싸락눈처럼 말입니다. 언젠가는 자신 앞에 아름다운 숲속 동산의 꿈나라가 펼쳐지리라 속마음으로 염원하며 살다가 결국은 영락없이 속수무책으로 죽음 앞에 불려가는 것이겠지요? 산다는 것이 곧 죽어간다는 말이 전엔 어렵게 여겨졌지만, 이젠 쉽게 받아들여지고 또한 그 뜻이 금세 명료해집니다. 죽고 난 이후에도 외계(外界)는 여전히 태연하게 그 운행을 멈춤 없이 이어가겠지요? 장미꽃의 화려함은 여전하겠고 산골짝 차가운 냇물은 쉼 없이 계속해서 흘러가겠지요? 산새들도 좋아라 숲속에서 분주하겠구요.

누구나를 막론하고 죽음의 절벽에 당도할 텐데 절벽이 먼저 허물어져버리는 일은 없을까요? 내 삶의 주변 어디에서나 죽음의 혼령들이 쭈뼛대지 않고 밤낮없이 수군거리고 있습니다. 사는 동안을 어찌 살아가야 하는 건지 살아갈수록 모를 일입니다. 죽고 난 다음에야 비로소 삶이란 것을 알게 되는 겁니까?

해는 졌다가도 떠올랐던 자리로 다시 돌아가 어김없이 또 살아서 솟아오르기늘, 우리는 힌빈 일이보고 다시 실아질 수는 없는 것이겠지요? 지금까지의 삶을 되물리고 처음부터 다시 살아갈 수는 없겠지요?

신(神)이시여! 대관절, 언제 저를 부르시렵니까? 찔끔찔끔 저지른 죄 유난히도 많사오나, 단박에 오라 하진 말아주십시오 부르시더라도 당분간은 유예하여 주십시오. 하오나, 부득이 저를 오라고 하신다면 지체 없이 그곳으로 달려가겠습니다.

누구보다 선선하게 부르심에 따르겠습니다.

제4부

반달을 보며

아버지

해마다 구월이 되면 아버지의 기일이 온다.

가족이 모여서 추도 예배를 드린다. 그리고 보통 둘러앉은 순서대로 준비해 온 아버지의 시를 한 편씩 낭송한다. 그날은 형이 먼저 "북망이래도 금잔디 기름진데 동그란 무덤들 외롭지 않어이……"「묘지송」을 읽었고, 딸아이는 작은 소리로 "하늘이 내게로 온다 여릿여릿 머얼리서 온다……"「하늘」을 낭송했다. 손주사위는 "말씀이 뜨거이 동공에 불꽃 튀는……" 하며 「당신의 사랑 앞에」를 낭송하고, 어머니는 담담하게 「청산도」를 낭송하셨다. "산아. 우뚝 솟은 푸른 산아. 철철철 흐르듯 짙푸른 산아……"

내 차례가 되어 나는 아버지가 할아버지를 그리신 시 「아버지_를 읽다가 나도 모르게 움컥해져서 뜨거운 눈물을 흘리면서 낭송하게 되었다.

아버지

박두진

철쭉꽃이 필 때면,
철쭉꽃이 화안하게 피어날 때면
더욱 못 견디게
아버지가 생각난다.

칠순이 넘으셔도 노송(老松)처럼 정정하여
철쭉꽃이 피는 철에 철쭉꽃을 보시려
아들을 앞세우고
관악산(冠岳山)
서슬진 돌바위를 올라가셔서

철쭉나물 캐어다가
뜰 앞에 심으시고
철쭉꽃이 피는 것을 즐기셨기에
철쭉나물 캐어 드신
흰 수염 아버지가

어제같이 산 비탈길을 걸어 내려오시기에

철쭉꽃이 피는 때면
철쭉꽃과 아버지가
한꺼번에 어린다

물에 젖은 둥근 달
달이 솟아오르면
흰 옷을 입으셨던
아버지가 그립다
달 있는 천변(川邊)길을
늦게 돌아오노라면
─두진이냐…?
저만치서 커다랗게 불러주시던
하얗게 입으셨던 어릴 때의 아버지…

4월(四月)은 가신 달
아아, 철쭉꽃도 흰 달도

솟아 있는데
손수 캐다 심어놓으신
철쭉꽃도 피는데

이디 가셨나
큰기침을 하시며
흰 옷을 입으시고
어디 가셨나

나는 할아버지를 뵙지 못했다. 한학을 공부하셨고 목전의 대상보다는 늘 더 먼 곳을 응시하는 혜안을 가지셨으며 너그러움이 많은 분이셨다고 한다.

아버지가 가신 지 어느덧 이십여 년이 지났다.

아버지의 '아버지를 그리워하며 쓰신' 시를 보게 되니 아버지의 따뜻한 사랑이 다시 절절하게 느껴지며, 함께 살아왔던 지난 시절이 더욱 사무치게 그립다. 나는 그저 범속하게 살아온 세월이었지만 뒤늦게 아버지의 뒤를 따르려고 틈틈이 글을 쓰고 있다. 무딘 감각으로 쓰는 나의 글에서 조금이라도 문학의 향기라고 하는 것이 엿보인다면 그건 아마 아버지의 품속에서 약간 묻어져 나왔던 체취의 한 부분일 것이다. 그렇지만, 이러한 글마저도 보여드릴 수 없는 안타까움과 깊은 그리움은 어찌하겠는가?

아! 아버지가 가끔 마당 쪽을 내다보시며 퉁소를 부시던 모습이 그 가락과 함께 지금 내 가슴속 깊이 파고 들어온다.

산(山)

산에 자주 간다. 북한산을 시작으로 이십여 년쯤 된 것 같다. 세상살이의 고단함과 얼룩들을 좀 지워볼 수 있을까라는 생각으로 산을 찾았는데 지금은 거의 서로가 서로를 찾는 것 같은 생각에 며칠 이상 거르지를 못한다. 마약쟁이가 약을 찾듯 거의 홀려서 산을 찾게 되었다.

산은 내가 큰 숨을 만들어서 호흡할 수 있는 곳이고 내 의식이 자유롭게 돌아다니고 또 머물고 하는 곳이다. 산. 자연. 결국 인간은 그곳을 찾아 헤매다가 그 부스러기가 되고 말 존재가 아닌가? 한없이 친숙하며 내게 너그럽고 때론 경외를 불러일으키는 곳이 산이며 그 숲이다. 젊은 날 한때 도저히 인생을 못 끌고 나갈 것 같은 비탄에 빠졌을 때 흠씬 나를 내맡겼던 곳이 산이다. 태양과 지구 사이에 달을 두듯, 비탄의 덩어리와 나무 꺾이듯 꺾여버렸던 나 사이에 망각의 강을 흐르게 했다. 그러한 산은 언제부턴가 자연스럽게 생명의 은인 같은 소중한 존재가 되었다.

산은 지금도 여전히 내게 많은 것을 아낌없이 준다. 함부로 가져지는 마음가짐을 바로잡아주기도 하고, 어떤 땐 '놀민놀민 살아라.' 하며 느슨함을 앞세워주기도 한다. 침묵으로 무언가를 일러주기도 하고 히쭉 한번 웃어주기도 한다. 조만간 여생을 너끈너끈하게 살아가는 법도 가르쳐줄 것 같다.

우툴두툴한 현실 세계를 뚝 떨어뜨려놓을 수 있는 곳이 산이라는 생각에 저절로 수시로 찾게 된다. 숲속에 앉아 있으면 시답잖은 세상의 번요함이 쓱싹 단번에 지워질 때도 있다. 나무. 바위. 새. 비 온 후 쑥 올라온 버섯의 냄새. 풀냄새. 흙냄새. 맑은 공기의 스침. 나도 모르게 이런 것들에 심취하여 있다 보면 온 인류를 얼싸안고 싶은 충동이 생기는가 하면, 그들과 떨어져 초연한 어떤 경지를 밟아보고 싶은 생각도 든다.

기특하게 스스로 모양을 만들며 훨찍하게 자라는 귀룽나무. 늘 다가가게 하는 오리나무. 가끔 보게 되니 더욱 반가운 낙엽송. 지나쳤다가도 다시 오게 하는 산사나무. 자주 보아도 그리워지는 산진달래. 어릴 적에 파란빛의 작은 풍뎅이들이 붙어 있던 싸리나무 꽃(지금도 몇 마리가 있을 것 같다). 결코 냄새가 구리지 않고, 흰 꽃은 진한 향을 내는 누리장나무. 살아가면서 미리미리 나쁜 길은 조심시키는 것 같은 은행나무. 늘 어수선한 개회나무. 어디론가 사라져버릴 것 같은 노간주나무. 공연히 부러뜨리고 싶어지는 옻나무. 왈칵 반가운 떡갈나무. 발끈 화가 난 듯한 산초나무. '마므레'의 천막을 상상해보게 하는 상수리나무. 늘 씻기만 하는 것 같은 말끔한 팥배나무. 뒤늦게 싹을 틔우는 낯선 나무. 이 모든 나무들이 알차게 자라고 있는 숲. 내 삶의 '카스탈리안'이며 '샹그릴라'이다.

산이 나를 맞아주는 한 나는 그곳에 오를 것이다. 산은 더 이상 내 허무의 도피처가 아니고, 내 삶 그 자체이며 궁극의 지향점이다. 인간만이 웃을 수 있는 게 아니다. 숲에 들어서면 어김없이 초목들이, 새들이, 산허리에 걸쳐진 흰 구름마저도 나를 보고 소리 없이 웃어준다. 매번, 싱그럽게 웃어준다.

나이 먹을수록 몸에 자꾸 허무의 구멍이 늘어나고 선득한 산바람에서조차 흠칫 비애가 느껴져도 산은 흉한 구멍들을 하나하나 메워줄 것이며, 단박에, 자국을 내지 않고 말끔히 없애줄 것이다. 훗날 마른 논바닥처럼 볼품없이 몰골이 변하여도 산은

마다않고 나를 포근하게 품어줄 것이다. 산은 영원한 나의 안식처가 되어줄 것이다. 나도 영원히 산의 그 고마움을 잊지 않을 것이다.

멀리서 산이 또 내게 오라고 시늉을 보내온다.

물장난

        학교에 들어가기 전이니 여섯이나 일곱 살 무렵이었을 거다. 여름날 제법 큰 비가 올 때 동네에서 산 쪽으로 조금만 올라가면 순식간에 도랑이 생겨서 물이 흐르게 되고, 나는 동네 친구와 그곳으로 쏜살같이 달려가서 미리 약속이 되어 있는 듯 의논 없이 우리들만의 작업을 시작한다.

    처음엔 흙탕물 같지만 금세 맑게 바뀐다는 것쯤은 이미 알고 있다. 한 아이가 주변의 돌들과 '떼짱'들을 마련해서 도랑에 날라주면 도랑에 있는 아이는 그걸 받아들고 댐 공사를 하게 되는 것이다. '떼짱'과 흙으로 벽을 쌓고 그 안에는 튼튼하게끔 돌들을 쿡쿡 찔러 박는다. 그런 후 둘이서 두 손으로 열심히 곳곳을 누르며 다진다. 애쓴 끝에 얼마 후 청평 댐처럼 생긴 작은 웅덩이가 만들어지는 섯이다. 물이 기대만큼 고이게 뇌면 우리는 탄성과 함께 뛰어들었다. 한참이나 낄낄대고 철퍼덕대며 신나게 논다. 어딘가에 부딪히거나 발바닥을 무언가에 찔리기도 했지만 온몸으로 비를 반기며 정신없이 놀았다.

웅덩이에 물을 채웠다가 갑자기 무너뜨려서 대번에 급류처럼 흘러내려 보내고, 다시 튼튼하게 공사해서 물을 가두고 하는 '물 막기 놀이'는 참으로 재미있었다. 우린 늦도록 두세 개의 댐을 만들었던 것 같다. 이러한 '물 막기 놀이'는 수십 년이 지난 지금까지도 소중한 추억으로 가슴속 깊은 곳에 간직되어 있다. 가끔씩 생생하게 되살아나는 그때의 물 냄새와 흙냄새, 풀냄새 등은 잊을 수가 없다. 그리고 바로 옆에 삐죽삐죽 튀어나와 있던 나무뿌리들의 형상 또한 선명하게 떠오른다.

그리움

어린 시절 야트막한 산으로 둘러싸인 깨끗한 기와집에서 살았었다. 아침에는 새들의 노래를 들을 수 있었고 오후의 긴 햇살이 있었으며 해 질 녘에는 아름다운 노을을 볼 수 있었다. 그리고 밤이면 하늘에 무수하게 별들이 뿌려졌던 정말이지 좋은 자연환경 속에 묻혀서 살았었다.

그때는 몰랐겠지만 이제서 생각해보니 볕이 좋은 평온한 동네에서 꿈같은 유년기를 보낸 셈이다. 친구들 몇도 있었지만 주로 혼자서 돌멩이를 주워서 놀거나 땅강아지, 무당벌레, 풍뎅이, 하늘소, 메뚜기 등의 곤충이나 벌레 등을 데리고 놀았다. 어머니가 꾸며준 마당 한쪽의 모래밭에서 두꺼비 불러가며 놀던 기억도 난다. 어떤 때는 혼자서 맨날 두꺼비 찾기만 했던 것 같다.

꽃들…….

샐비어, 과꽃, 꽃밭 가생이에 심어져 있던 채송화들, 늘 새치름한 유홍초, 붉디붉은 맨드라미, 얌전하게 달려 있던 꽈리들, 동그랗고 까만 씨들을 내보이던 분꽃, 아무 데서나 잘도 자라던 수세미, 동네 여기저기서 쉽게 보았던 나팔꽃, 으레 울타리에 넝쿨져 있던 나팔꽃들의 빛깔이 생각난다. 한참이나 잊혀졌던 물기 있는 아침 나팔꽃의 싱그러운 느낌. 지금. 갑자기 내 몸 안으로 슴뿍하니 그 아침이 스며드는 것 같다.

아! 여름날 쓰르라미 소리를 얼마나 고대했던가. 봄이 채 가기 전부터 그놈의 쓰르라미 소리를 기다렸었다. 쨍쨍한 여름날 앞산 속으로 들어가서 파아란 하늘 사이사이로 퍼져나가는 쓰르라미 소리 듣기를 무척이나 좋아했다. 지금도 귓가에 쟁쟁한 그 소리가 그립다.

그리운 것이 그것뿐이랴? 비 오면 비 맞기. 눈 내리면 눈 맞기. 뛰어다니며 그 눈 받아먹기. 감미로웠던 우물가의 봄 내음. 여름날의 모기장 속. 늘 친근했던 잠자리들과 바로 우리 옆으로 휙휙 날아다니던 제비들. 춥기만 했던 겨울날들. 다락 속의 국광사과. 털실로 짠 끈 달린 벙어리장갑 끼고 눈 장난하던 동네 아이들의 밝은 얼굴들. 소태지(沼澤池) 안에서 뱅뱅 잘도 돌던 물방개들. 싱겁게 몸을 움츠렸다 쭉 뽑으며 헤엄치던 소금쟁이들. 흘러가던 시냇물. 가재와의 추억. 물이 들어가서 찌꺽찌꺽 소리 나던 고무신. 댓돌에 누인 흰 고무신 몇 켤레. 땀 흘리며 오르던 언덕길. 가끔 멀리 보였던 우리들의 무지개.

하루가 영원처럼 길었던 그 시절.
봄꽃 향기와 함께 사라진 나의 어린 시절.
그립다.
온몸 쩌리쩌리 너무나 그립다.

삶병

　　　사지 멀쩡하게 움직일 수 있는 날까지 북한산
을 천 번 이상 오르리라 우연히 마음을 먹게 되고는 요즈음 거
의 매일 산행을 한다. 새벽산 아침산 쨍쨍 햇볕의 낮산 고즈넉
한 저녁산……. 아카시아 향내 뒤덮인 산길. 뺨을 스치는 미풍.
산새들 반김이 뿌듯해 흥을 내서 탕춘대길을 달리다 고꾸라질
뻔도 하고 어릴 적 생각에 아카시아 한 움큼 따서 입에 쑤셔넣
기도 하고 사소한 주변 일 잊은 듯, 떠올리는 듯 그렇게 걷다 보
면 약수터. 아무도 없는 약수터에서 물 한 모금 마시다 보면 영
락없이 파고드는 외로움에 나 스스로 놀란다. 삶이란 정말 허
무와 허전함의 연속이라는 생각이 약수터에만 오면 자주 든다.
적어도 지금껏의 나에게 있어서는 삶이 그런 식으로 그렇게 이

어져온 것 같다는 생각이 목구멍에 찬 물 스미듯 스며든다.

누군가와 더불어 있을 때는 내색을 않지만, 관심 둘 사람 없이 혼자가 되면 지친 신경들의 미세한 움직임이 감지되는 것 같고 그것들의 속삭임도 들리는 것 같다. 뜨거운 것에 스친 듯 놀라서 얼결에 무언가를 정리해본다든가 끄집어내본다든가 하다가 대부분 누워버린다.

분명 병일 거다. 나만이 휘감기곤 하는 심각한 병일까? 많은 이들도 걸려드는 시답잖은 병일까? 삶병인가? 죽는 날까지 이 죽을병인 삶병을 앓다가 죽을 것인가? 무섭다. 사는 것이 무섭고, 죽을 일 또한 무섭다. 오늘, 지금 이 순간이 무섭고 눈 뜨면 시작될 내일은 더더욱 무서워진다.

나무를 보면 올라가고 싶어진다

어릴 적 친구들

　　　　　　S의 육성을 반세기도 지난 긴 시간 이후에 듣
게 되었다. 아직도 무선으로 전해져왔던 온기가 여운이 되어
내 몸 어딘가에 달라붙어 있는 것 같다. '문명'과 되도록 거리를
두고 싶어서 어지간한 세상 물정만을 알고 살아간다. 신문도
안 보고, TV와 컴퓨터 없이 살며 핸드폰도 두세 가지 기능만을
사용하며 지내왔다.

　그러던 어느 날 어떤 계기로 초등학교 친구 십여 명들과 '밴
드'라는 것을 하게 되어, 외국에 있는 친구들과도 연락이 닿게
된 것이다. 처음에는 새벽빛을 처음 본 부엉이마냥 눈과 머리
가 뿌연하니 어질어질하였고 매우 조심스러웠는데 이젠 손가
락도 좀 움직여지면서 소통에도 익숙해지는 것 같다.

어릴 적 친구들. 짙은 반가움. 누구에게서나 친밀감이 그냥 막 묻어 나왔다. 길었던 시간 공백의 덩어리들이 소리 없이 허물어지기 시작한다. 내가 마치 그동안 친밀함의 상대를 물색해온 사람 같다. 지금, 넋을 놓고 라흐마니노프를 듣고 있다

무심텅하게 듣고 있다. 선율에 꽂혔다 빠졌다 한다. 오늘은 라흐마니노프에게 푹 빠지는 날이 될 것 같다. 음악을 듣다가 문득, 주어진 삶의 기간 동안 무슨 신조 같은 것 없이 살아가야지 하는 새로운 신조를 가져본다. 비 오면 창문 닫듯 그냥 나날들을 순리대로 살아가는 생활이랄까? 그렇게 살아지기를 바라본다. 무언가 지금 해야 할 일이 꼭 있는 것 같고, 허구한 날을 헛짓만 하며 살아가고 있는 것 같다는 편치 않은 생각에 맨날 스스로에게 반신반의하며 살아왔다. 생활에서 평정심을 잃은 채, 무언지 모를 불안감에 싸여서 늘 묵지근하니, 개운치 못하게 살아왔다.

아! 아라비아 격언이었던가?

'열매를 맺지 않는 나무는 시달리지 않는다.'

열매도 없이 괜히 스스로에게 시달리기만 하는 '나'라는 사람은 무얼까?

꿈

꿈을 자주 꾼다. 눈을 감고 잠이 들면 그 경과 시간이 얼마가 되었든 대번에 꿈을 만들어낸다. 아무리 얕은 잠일지라도 살짝 꿈은 나타난다. 어릴 적엔 어땠는지 모르지만 아마 이십 대 이후부터 꿈 주머니가 생긴 것 같다. 나처럼 허구한 날을 꿈과 함께 뒹구는 사람도 흔치 않을 것 같다.

인간은 가수면 상태에서 꿈을 꾸게 된다 하니 난 어쩌면 달콤한 숙면은 못 해볼 팔자인가 보다. 예측불허의 다양한 꿈을 꾸게 되는데 알록달록 황홀한 순간도 있지만 냉기 서린 절망의 미로 속을 한참 동안 헤맬 때도 있다. 그런 꿈 이후에는 작은 파문이 생겨서 마음에 교란이 생기기도 한다.

하지만 이제는 어느 정도 익숙해져서 스스로 감정을 무디게

해버리고 그다음에 추스르는 나름의 처술도 갖게 되었다. 어떨 땐 실제처럼 너무나 생생하였기에 다시 되짚어보려 하지만 애를 써도 이내 아늑했던 순간이 신기루처럼 사라져버리고 만다.

까마득하게 잊혀졌던 사람이나 보고 싶어서 한쪽 마음으로 염원했던 사람과 만날 때도 있고 마주치기 싫은 사람과 덜커덕 맞닥뜨릴 때도 있다. 꿈꾸다 눈을 떠서 안도하는 꿈도 종종 꾼다. 언제부터인가 나는 깊은 물에 돌멩이 한 개를 던졌을 때 생기는 물의 울림 같은 꿈의 울림, 그런 울림 속에서 살게 되었다. 고요하고 외로운 가운데 숨어 있는 은밀한 즐거움, 그런 나만의 즐거움에 묻혀서 살게 되었다.

꿈속에는 '패랭이꽃을 보게 될 때면 저절로 생겨나는 연민' 같은 전율이 있고 귀뚜라미 울음 같은 작은 떨림이 있다. 환희의 도가니가 있는가 하면 비탄의 웅덩이도 있다. 어린 시절 벗들과의 미묘하고 정다웠던 유희들, 주변에 숨을 곳은 알지만 제대로 숨지 못하고 들키고 마는 숨바꼭질, 혹시 자신의 등 뒤에 놓일까 염려하는 순간 바로 자기의 등 뒤에서 손수건을 보게 되던 수건돌리기, 꼬리 달린 연의 사라짐, 냇물로 떠내려가던 종이배, 열린 대문으로 보이던 이웃집의 한가로운 마당, 머리 위에서 빙빙 돌던 솔개들의 여유로움, 들꿩의 가까운 울음

소리, 산투끼의 쫓긴 같던 막다른 상황, 급한 비탈길, 낯익었던 장소의 돌연한 낯섦, 터무니없는 공중으로부터의 낙하, 자주 보았던 새털구름과 양떼구름들, 여름날의 흰 옥잠화, 플라타너스 가지에 달린 방울들, 삭개오가 올라갔던 것 같은 뽕나무 한 그루, 파란 풍뎅이가 가끔 붙어 있던 싸리나무, 원죄 이전의 낙원 같은 풀밭 동산, 세상 떠난 사람들과의 아련한 만남, 잠시 동안 젖어보는 깊은 슬픔, 느리고 뻑뻑한 음악의 흐름, 흰 발등을 보이던 여인, 달콤한 그리움…….

빨랫줄에 널려 있는 빨래를 바라볼 때 평화를 느끼게 되듯, 수많은 꿈들을 들추어내며 난 오랜만에 오롯하니 평화를 느껴본다.

추억

    나이를 좀 먹게 되니 나의 과거의 시간들이 꽤 두툼해진 것 같다. 특히 어린 시절의 추억들이 소상하게 되살아난다. 까마득했을 내 돌잔치도 기억해낼 것 같은 기분이다.

    삶이란 온통 슬픈 일뿐인 것 같다. 기쁜 일도 머지않아 슬픈 일에 닿을 거니까 슬픈 일이고 슬픈 일은 슬퍼서 슬픈 일이고. 그러니 일부러 수십 년 전의 무지갯빛 추억을 자꾸 끄집어내어 그 추억 속에 살아야 슬픔에서 조금은 벗어날 수 있을 것 같다.

    삶 자체의 생래적(生來的)인 슬픔으로 인해 자주 고개가 휙 꺾이게 되고, 느닷없이 가슴 밑바닥이 저려올 때면 재빨리 오십여 년 전의 어린 시절로 돌아가고 싶다. K 생각이 소로록 난다. 보고 싶은 K. 하교 후 가끔 같이 집으로 가다가 K가 먼저 자기 십 앞 계단을 거의 다 올라가서 난간에 기대어 "잘 가라, 영욱아." 하면 나는 소나기 피해 가는 거위마냥 뒤뚱대며 집으로 갔다. 이 분 정도 되는 거리였는데 집에 오면 K의 모습이 다시 떠올랐다. 그 아이를 불러내어 동네 풀밭에서 네잎클로버 찾기를 하며 놀자고 말하고 싶었던 것이다. 그런데 수줍어서 그러질 못했다. 그렇지만 우리는 다음 날 또 아무렇지도 않게 반가운 마음으로 다시 만났을 것이다.

오십오 년 전, K와 나와의 작은 추억이다.

가슴 밑바닥이 찌르륵해진다.

새

새들이 상쾌한 아침의 기분을 자신들의 것으로 만드는 데 열중하고 있다. 그러면서도 한곳에 머물러 있을 수만은 없다는 듯 여기저기 부산을 떨며 날아다닌다. '저에게 관심 좀 가져주실래요?' 하는 것 같기도 하고, '어제도 오늘도 우리는 늘 인간님들을 위해 아름다운 노래를 선사해드리고 있어요.' 하는 것 같다.

새들은 자비를 알고 있는 듯하다. 새들은 수선을 피울 때도 있지만, 남의 말은 절대로 하지 않는 것 같다. 새들은 가까운 벗처럼 늘 친근하다. 팬잔맞은 찌르레기마저도 지금은 나와 매우 친숙해졌다. 새소리를 듣거나, 멀리서 새를 볼 때면 영락없이 계곡을 흐르는 맑은 물이 떠오른다. 꿈에서도 가끔 새를 볼 때가 있다. 며칠 전 꿈에는 내가 이름을 달았던 가상의 선인 '온지섬'에서 '백할미새'들과 한참 동안을 놀았다. 그때 나는 꽤 행복했었다.

　가끔씩 작은 행복을 내게 전해주는 새들이 무척 고맙다.

그리그 현악 사중주

잠자다 눈을 뜨게 되면 거의 반사적으로 음악을 튼다. 생각 없이 한두 곡 정도 듣다가 방 안 공기 중에 깔려 있는 권태나 외로움의 입자들이 눈에 보인다고 여겨지면 벌떡 일어나 단박에 산 쪽으로 난 큰 창을 확 열어젖히고 그놈들을 쫓아낸다. 새들이 소리 내며 날아간다. 잠시 맹맹하니 뒤숭숭해진다.

음악을 끄고 창문도 닫고 얼마 전부터 익숙해진 '사색자세(思索姿勢)'를 취하고 앉아본다. 대뇌피질의 활동이 약간 주춤해짐을 느낀다. 시골 간이역 마당의 삐쭉한 해바라기와 그 옆의 줄맞춘 코스모스들. 폭우를 피해 뛰어들었던 일선사 뜰의 예쁘게 피어 있던 채송화와 퍼붓듯이 쏟아지는 폭우를 감당하지 못하여 가지가 꺾인 봉선화들. 봄날 사슴 저미게 하는 진달래의 진분홍빛. 톡 쏘는 시골 맨드라미의 붉은 빛깔 등이 눈에 어룽거린다. 며칠 전 느닷없는 폭우에 산 중턱에서 방향을 잃고 날아다니던 새들도 떠오르고 문득 제목처럼 편안한 마네의 〈풀밭 위에서의 점심식사〉도 떠오른다.

상념의 연속. 정신이 맑아지는 것 같기도 하고 점점 혼미해지는 것 같기도 하다. 깊은 바닷속의 외로움이 느껴지는 듯하다가 돌연 '대남문' 하산길에서 돌계단 나무계단까지 다 덮고 철철 흘러넘치던 물의 충일(充溢), 그 유희가 눈앞에 생생하게 그려진다. 맑은 계곡물 밑의 조용한 버들치들의 유영도 보인다.

요란했던 천둥도 그치고 빗발이 잦아들며 구름도 높아진다. 큰비 끝의 눈부신 햇살을 온몸으로 받아들인다. 홀로 걷기 좋을 것 같은 숲길도 보인다. 낯익은 얼굴들도 떠오른다. 그들에게 가져보았던 한때의 서운함에 대해 후회도 해본다. "당신은 요즈음 비를 너무 자주 보아서 그런지 눈빛이 아예 우울하게 변해버렸어요." 라고 말하는 누군가로부터의 음성이 들리는 듯하다.

얼른 일어나서 창문을 다시 연다. 방 공기의 변조를 느끼며

수액(樹液) 넘치는 듯한 활력을 듬뿍 얻는다. 다시 음악을 듣는다. 〈그리그 현악 사중주 op.27〉. 가브리엘 천사처럼 팔을 치켜올리고 몸을 움직여본다.

선생님

　　　　누군가의 너그러운 시선이 사라졌다. 관용이
나 관대함의 기대도 사라졌다. 우리들이 지금 살아가고 있는
세상이라는 곳은 인정이나 온기의 흔적이 사라져버린 황량한
불모지로 변해버렸다. 바야흐로 "때가 악하니라."의 시대가 도
래한 듯하다.

　사람들은 무언가에 홀려서 첨단이네 유행이네 하는 것들을
좇아 부산스럽게 몰려다닌다. 사람들의 걸음걸이는 쫓기듯 빨
라지거나 하염없이 더뎌진다. 그런 틈에도 어떤 이는 자기만
은 무용수 같은 발 디딤으로 살살 살아가고 싶어 하지만 쉽지
않은 노릇일 것 같다. 언어는 줄임말과 기상천외한 합성어들이
난무하여 가히 어지러울 지경이다. 주고받는 말씨도 갈수록 거

칠어진다. 남을 가볍게 여기면서 자신은 주목받고 싶은 마음에 시답잖은 자기 자랑만을 늘어놓는다. 사람에게서 최소한의 겸손이나 서툰 범절마저도 찾아보기 힘들어졌다. 일상에서도 남을 위한 배려나 기다림은 용납되지 않는다. 의젓한 웃음보다 저급한 낄낄거림이 흔해진 세상이 되었고, 열정은 조소당하고 행복의 의미도 왜곡되어가는 사회가 되었다. 활력이란 것은 나뭇가지 꺾이듯 꺾여버린 지 오래고, 온통 헤프고 얕은 감정들만이 넘쳐나는 건전치 못한 이상한 사회가 되어버렸다.

탄생의 순간부터 그 끝이 존재하는 인생길에서 너무 방자하고 측은하지 않은가?

모두가 매일매일을 심각한 일에 시달리며, 위험이 도사린 외길을 아슬아슬하게 가고 있는 것 같다. 이 시간에도 도처에 볼썽사나운 일들이 생겨나고 있을 것이다. 그저 무디게 동화되면서 살아가야 하나? 은자처럼 초탈하여 입산수도를 해야 하나? 아니면 들락날락? 모두가 내겐 버거운 일이다.

이런저런 생각들로 마음이 무거워질 때면 초등학교 시절 선생님들이 그리워진다. 언제나 일상적인 일을 얘기하듯 편한 누나나 어머니처럼 말씀하셨고, 어느 누구든 반갑게 사랑으로 맞아주셨다. 힘들어할 때 거두어주셨고, 다가와서 웃으며 평화로운 온기를 선사해주셨다. 그런 초등학교 시절 선생님들 모습이 한 분 한 분 아련하게 떠오른다. 그리움이 가슴에 싸르륵 싸르륵 번진다. 마음이 애잔해진다.

향연

쓰쯤 쓰. 쓰삐 쓰삐······ 뽀뽀·······

한여름 폭염 속에서 숲이 제공해주는 소리의 잔치, 그 향연에 빠져든다. 도취되어 무아지경 속으로 몰입된다.

쓰르라미 소리 들으며 잠들었다가 매미들 소리에 깨곤 한다. 밤인지 새벽인지 구분도 잊는다. 새들도 녹음 속에서 마음껏 지저귄다. 풀벌레 소리 비슷한 숲새의 조용한 속삭임이 들려오고, 가볍고 맑은 뱁새의 지저귐도 감촉된다. 직박구리 몇 마리가 설쳐대는 것 같고, 모양은 그럴싸한데 늘 어수선한 어치들도 찍찍대며 돌아다닌다. 멀리서 꾸국대는 때늦은 산비둘기의 구슬픈 소리와 콘트랄토 같은 이름 모를 새의 울음소리에 가슴이 먹먹해진다. 매미가 한창이고 그 밖의 곤충들도 날개 부벼대는 놈, 입으로 쯥쯥대는 놈 등 저마다 신나게 소리를 낸다. 서로들 신호해가며 흩어졌다 모였다 이리저리 옮겨 다니는 것 같다.

숲의 소리 향연은 황홀경의 절정을 연출하다가 갑자기 뚝 그치고 수 분간 정적이 흐르다가 다시 이어지곤 한다. 숲의 나무와 길게 자란 풀들도 잎사귀 흔들어대며 자신들의 소리를 뿜어내는 것 같다. 한여름 숲의 소리는 슈베르트나 림스키코르사코프가 묘사했던 벌들 소리 같기도 하고, 헨델의 〈파사칼리아〉도 연상되고, 쭉 뽑아댈 때의 소리는 〈왕궁의 불꽃놀이〉 후반부 백파이프 소리를 떠올리게 한다. 그러다가 파가니니의 〈카프리스〉처럼 가슴 깊이 파고 들기도 한다. 소나기 지나간 후의 자유자재한 풀벌레 소리는 비발디의 〈플루트 협주곡〉을 듣는 것 같다. 여름 숲에는 협주곡이 있고 현악 사중주가 있으며 칸타타도 있다.

난 매미 소리와 새소리에 밤을 보낼 수 있었고 새벽 공기를 뒤흔드는 그들의 소리로 아침마다 머리가 맑아짐을 느낄 수 있었다. 그들 때문에 한때나마 마음의 평화를 얻었고 쾌락의 기쁨에 푹 젖어들 수 있었다. 처음엔 안 그랬는데 점점 나도 모르게 홀려서 어느 순간부터 은밀하게 그들의 향연에 동참하게 되었고, 온몸이 욱신거리노독 행복해질 수 있었다.

물새가 강바람 한 번 들이마시고 행복해하듯이……

봄날의 단상

엄벙뗑하다가 오월도 거의 반이 뚝 꺾여버렸다. 왠지 허술해지고 내 주변이 휑뎅그렁해진 기분이 든다. 며칠째 흐린 하늘이다. 내가 솟구쳐 올라가서 한 꺼풀 확 걷어버리고 온통 파란 빛깔로 바꾸고 싶다. 아직은 아카시아가 지질 않아서 달콤한 향내가 가끔씩 풍겨온다. 창밖을 내다보니 동네 어느 집 지붕의 기왓장에 풀이 삐죽삐죽 오른 것이 평화롭게 느껴진다. 나는 여전히 살아가는 일에 도통 엉거주춤인데, 퍼런 담쟁이란 놈은 담벼락에 딱 달라붙거나 커다란 나무줄기를 극성스럽게 감아 오르며 "당신은 영 허술해." 하며 핀잔을 주는 것 같다. 담벼락 안쪽으로 쭉하게 핀 애기똥풀 꽃들이 시선에 들어온다. "너도 노랑이니?" "나도 노란 얼굴이야." 하며 서로

쳐다보고 수선을 떠는 것 같다. 봄이면 아무 데서건 흔하게 피어나는 애기똥풀꽃이 조금 후에 필 빈도리꽃처럼 흰색이거나, 명자나무꽃처럼 붉은색이었다면 어땠을까 하는 생각에 잠시 잠겨보았다. 이른 봄부터 주로 노란 꽃들만이 계속해서 피어나니 다른 빛깔의 꽃도 빨리 보고 싶어져서 불현듯 그런 생각이 들었나 보다. 어쩌다가 산행을 며칠 걸렀더니 흰 거품 일으키던 파도가 어느 순간 가라앉듯 내 몸도 푹 까부라져버린다. 다시 이전처럼 느적거리는 일상으로 돌아가게 될까 봐 슬며시 겁이 난다. 하루하루 내 인생의 남은 시간들이 푹석푹석 무너져 내려가고 있는 것 같다. 죽음만큼이나 허망한 것이 삶이고, 삶만큼이나 허망한 것이 죽음 같다. 다시 오진 않겠지만 꼭 나에게만은 다시 올 것만 같은 인생. 한없이 요령부득인 것이 인생인 것 같다. 헤세, 다우슨, 그리고 딜런 토머스. 날렵한 농구선수가 능숙하게 공을 드리블하듯 이들은 생전에 죽음을 가까이하며 자유자재로 실컷 데리고 놀다가는 어느 날 홀연히 죽음의 나라로 가버렸다. 어떻게 그럴 수 있었을까? 주검이 되어 누워 있을 그들이지만 지금도 그곳에서 죽음과 조용히 유희하고 있을 것 같다. 뒤돌아보니 나는 세속의 법칙과 일부러 만들어내는 엄숙을 거북살스러워 했던 것 같다.

쉽게 상히는 섞인 물보다는 맹물을 고수하며 살아왔다. 아무도 모를 나쁜 일은 나쁜 일이 아닐 거라는 어리석은 생각이 들 때마다, 쓴 뿌리 뽑아내버리려고 스스로 계율 같은 걸 정하고 몸부림친 날도 많았다. 인생이 일일이 터득하며 살아가는 건 아니겠지만 나이 좀 드니 삶 속에서 간격을 두어야 할 것과 일관성을 갖고 유지해야 하는 것의 분별도 어렴풋이 생겼다. 그렇다고 치자. 그렇지만 의미 있는 인생을 살아보겠다는 문제에서 나는 과연 어떤 것의 부족이나 부재로 인하여 이토록 허구한 날을 방황하며 시달려왔던가? 왜 여전히 이렇게 자주 와락와락 흔들리는 걸까? 지금 내 심장이 뛰고 있고, 코로 슬컥슬컥 숨을 쉬고 있는데 무얼 더 바라겠는가?

이제라도 늦지 않았으리라. 바탕을 다시 세우고 겸허를 갖추도록 해보자. 또한 창의력의 산도(産道)가 확 터지면 마음 내키는 대로 오래도록 글을 써나가자.

내 의식의 저 밑바닥에서 이런 생각들이 꿈틀대고 있는 것 같다. 거스르지 말고 따르리라고 흐린 봄날 생각에 잠겨본다.

상상과 지유

시간에 끌려왔는지 시간을 끌고 왔는지 어느 덧 낮이 마음대로 활개 치는 여름이 되었다. 갑자기 하늘 한쪽이 검은 구름으로 덮이더니 예상치 않은 굵은 비가 투덕거리며 땅바닥을 때린다. 그런가 했더니 언제 그랬냐는 듯 해가 그 강렬한 빛을 대지에 쏟아붓는다. 종려나무 잎처럼 뾰족한 햇살에 내 몸 어딘가를 찔릴 것만 같다. 요즈음 날씨는 동네 시장의 파전집 아주머니마냥 씰쭉쌜쭉 변덕을 해댄다.

비 온 후의 청량한 대기에 한껏 기분이 고조되어 그래야만 하는 것처럼 서둘러 나도 모르게 발길을 산으로 향했다. 산은 이제 푸르름이 그 절정에 이르렀다. 나무의 줄기나 잎들이 모두 흘러넘치듯 과잉의 자기 빛깔을 보이며, 그동안 기다리기나

힌 깃처럼 흠씬하게 나를 맞이준다. 기특하고 고맙다는 생각이 절로 든다. 나무 속으로 수액이 진진하게 흐르고 있겠구나 하는 생각을 하니 내 몸속에서도 무슨 신기한 물질들이 솟아 나와 이 구석 저 구석에서 움쭐거리며 춤을 추는 것 같다. 이내, 가슴속 어딘가에 자리 잡고 있었을 '솟구치는 공허'를 단박에 풀썩 주저앉혀버린다. 새들도 들뜬 듯이 그 소리를 높이며 나에게 알은체를 한다. 모든 것이 신성하게 다가온다. 아주 짧은 시간 동안에 숲의 가족들이 온통 한 덩어리가 되어 마음껏 향연의 장을 만들어내는 것이다.

붓다가 무언가의 깨달음을 얻었다는 숲이 이런 모양새였을 것 같다. 수시로 기척도 없이 몸 안으로 스며드는 우울감은 물론이고, 눈만 뜨면 솟아오르는 공허감, 택도 없는 자만심, 가까운 이에게서 오는 쓸쓸한 거리감, 자신의 리듬을 깨어버리는 자괴감, 알 수 없는 것에 대한 또 다른 노여움. 이런 것들이 자신을 괴롭힐 때마다 그는 산을 찾았으리라.

숲에 들어서면 이런 번민들이 안개 걷히듯 사라지면서 자연과 일체가 되고, 그래서 얻게 되는 무한한 아늑함에 몸을 맡기고, 둥둥 떠다니는 심사를 오롯이 하며, 삶에 대한 성찰적 경지에 다가갔으리라.

내 마음 가는 대로 이렇게 상상을 해보며 산을 둘러본다. 문득, 내가 이름을 달아놓은 '허심탄회의 골짜기'가 떠올라 몸이 절로 그곳으로 향했다. 어느 산에나 으레 있을 작은 골짜기지만 나에겐 각별한 골짜기다. 바위에 앉거나 간단한 깔개를 펴고 앉아서 일상의 번만함에서 벗어나 무한의 자유로움에 젖어 오랜 시간을 보내는 곳이다. 온몸이 꽉 죄어드는 것 같은 알 수 없는 불안감에 휩싸이게 될 때, 별 이유 없이 번민에 사로잡혀 괴로워하며, 안일하고 안온한 일상이 가져다줄 평온함과 평화로움을 갈구하게 될 때, 신념이나 의지가 빈약함을 절실하게 느낄 때, 내 자신이 초라해질 때, 나도 모르게 찾게 되는 곳이다. 내 몸 어딘가에 붙어서 작동되고 있을 무디고 척박한 '감각'이란 것들을 모두 끄집어내어 그것들과 속내 홀랑 드러내고, '허심탄회' 속으로 들어가본다. 감미로운 소용돌이를 기대한 건 아니었지만, 인생의 한 귀퉁이, 한 장면들이 모두 내겐 신기루이며 아찔한 환각이었음을 다시 한번 알 수 있게 되었고 살아 있음으로 해서 어쩔 수 없이 갖게 되는 비애감만이 더 확인될 뿐이다. 마음으로는 파란 하늘을 전개시켜보고 상상과 사유의 세계, 또 그 세계 저 너머의 다른 모습의 어떤 세계를 그려보지만, 나라는 존재의 시큰한 감상만이 더욱 명료해질 뿐이다. 내 자신이 어긴이 우주 속에서 홀로 비틀거리고 있음을 새삼 깨닫게 된다.

이렇게 한바탕 휘둘리고 나면 털어내버리든가 또 거르고 싶었던 그 무엇들이 하얀 욕조에 물 빠지듯 빠져나가는 것 같다. 글을 쓰는 순간은 한없는 고통에 시달리지만, 감미로운 그 소용돌이 속으로 다시 들어가고 싶어진다.

산허리에 구름 몇 개가 흐른다. 이내 가운데로 금이 간다. 자주 그런다는 듯이 나뉘어서 흘러간다. 저들이 다시 모여질 수 있을까?

흐린 날

날이 흐리다. 흐린 날이면 무슨 헛것에 끌린
듯이 온종일 음악을 듣는다. 사라진 거장들의 수런거림이 들려
오는 듯하다. 이젠 내 분신이 된 듯한 나의 CD 1,200장. 각각
마다에서 어떤 외경이 느껴진다. 아무거나 뽑아 들어봐도 그
웅혼한 경지에 한동안 정신이 홀린다. 이내 사념에 젖어든다.
지나간 세월들이 나타나더니 다시 사라져버린다. 아릿한 추억
들. 가슴 밑바닥으로 얼음처럼 차가운 물이 흐르던 한때가 있
었고 우울과 방타(澇沱)의 터널 속에 오랫동안 갇혀 있기도 했
었다. 왜 그랬을까? 왜 그래야만 했었을까? 어쩔 수 없는 회한
이 스르륵 밀려온다. 마주하기 뻑뻑하여 문 탁 닫고 홱 돌아앉
고 싶어진다. 지금 돌아보니 그랬던 나 자신에게 시큰한 연민

이 생긴다. 감정의 배선이 과거의 어떤 한 지점에서 엉켜버렸던 것 같다. 얄궂은 봄 날씨처럼 이리저리 겉돌며 마음 쓰라려했던 시절. 그때의 일들이 장면 장면으로 나타나 서걱거린다. 탄식을 입에 물고 입맛 꺾인 병자처럼 어거지로 그냥 살아가던 시절. 그림자가 그림자를 만들어내던 시절. 이런 시치근한 기억들이 툭툭 막 튀어나온다. 비너스의 물거품처럼 끊임없이 흘러나온다. 아! 슈베르트. 〈Death and the maiden〉 2악장. 그 선율이 세찬 비가 되어 온 머리를 적시며 타고 내려오더니 가슴을 후빌 듯 파고들면서 순식간에 등을 탁 치고 나가버린다. 번번이 이렇게 노골적으로 파고들 수 있을까? 가슴 치며 울려올 때 그 장엄을 조금만치도 흘릴 수가 없다. 감격의 전율로 그저 황송하여 모두 다 받아들인다.

저녁 그늘이 내리고 있다. 창밖으로 어둠의 선이 보이기 시작한다. 곧 어둠이 그 혀를 날름거리겠지? '어둠아. 네 마음대로 하려무나.' 인생에서 아무것도 대수로운 것이 없어진 것 같다. 좀 보태서 표현하자면 이젠 생의 본질적인 덧없음만이 두려울 뿐이다. 향긋한 아침을 기다리는 박동이 생겼고, 어깻죽지로 숨을 쉬어도 살아질 것 같은 생각도 든다.

늘적했던 시간의 뭉텅이들이 밀어내어지기 시작한다. 마침

내 나를 묶고 있던 끈이 툭 하고 끊기는 것 같다. 마치 감겼던 팔꿈치 붕대를 풀어버린 듯 홀가분해졌다. 지금, 친구들이 보고 싶어진다. 가까운 이와 찐득한 마음을 주고받을 때면 가슴속의 공동(空洞)이 메워지고 곡절(曲折)이 털어내어진다.

아! 남은 여생이 소파에 있는 먼지를 총채로 툭툭 털 때처럼 무심한 마음의 평정으로 살아가질 수 있을까? 모든 일에 달가워하는 것이 여상한 일상이 될 수 있을까? 납비녀 머리에 찌른 영천시장 할머니의 주름에서 관조를 배우면서, 걸림 없이 여생을 보내고 싶다. 창밖으로 어둠이 짙어온다.

고드름

빙점의 추위가 계속되더니 며칠 전부터 기온이 뚝 떨어졌다. 구름도 없는 말간 겨울 하늘 밑. 오랜만에 찾아온 강추위가 늘렬하다.

문득, 강이 보고 싶어져서 한강으로 향했다. 휴게소 처마에 고드름들이 반짝하게 윤을 뿜으며 늘비하게 매달려 있다. 한파 때문일까? 사람들의 모습을 볼 수 없다. 단지 물고기처럼 표정을 잃은 사내 둘만이 짐 꾸러미를 둘러메고 어딘가로 분주하게 걸어가고 있다. 늘 푸른빛을 간직하고 있던 강물이 지금은 흐릿하니 그 푸름이 사라진 것 같다. 가까운 지류의 모래톱 한쪽에서는 겨울새 몇 마리가 꼬리를 까딱대며 분주하게 바닥을 훑고 있고, 추위와 아랑곳없이 한가롭게 유영하고 있는 오리들도 보인다. 나목을 드러낸 채 추위에 떨고 있는 버드나무 모습이 측은해 보인다.

겨울. 조용한 강가의 고즈넉한 오후. 나는 그 시간 속으로 점점 깊이 들어간다. 내 무의식 속에 걸려 있던 여러 감각들이 퍼덕대며 들썩거린다. 점점 분산되고 산만해진다. 추위 때문이리라. 어느새 강 끝 멀리에 회색빛 하늘이 깔려 있다. 부지런히 남은 햇살의 조각들을 움켜잡아본다. 여전히 차가운 강바람은 내 얼굴을 훑친다. 전부터 사람이 드문 추운 겨울날 강가를 걸어보고 싶었다. 염원대로 오래도록 걸어보았지만 시간이 흐를수록 한기가 온몸에 스며들었다. 찬물에 젖은 커다란 수건이 맨어깨를 덮치고 있는 듯 너무나 추웠다. 그래도 계속 걸었다. 얼마쯤 걸었을까? 따뜻한 온기가 몹시 간절해져서 산책은 거두고 곧 집을 향하여 발걸음을 옮겼다. 돌아오는 길. '오늘 본 고드름처럼 반짝했던 시절이 내게도 있었을까?' '한동안 처마 끝에 매달려 있다가 흔적을 남기지 않고 사라져버리는 고드름처럼, 그 무언가에 매달려 평생을 허둥대며 살다가 그예, 홀연히 사라지고 마는 것이 누구나의 삶이 아닐까?'

차가운 몇 줄기 상념들이 뇌리를 스쳐갔다.

반달을 보며

어제저녁 뒷산에서 본 달은 반을 감추었는지 내보였는지, 아니 제대로 감추지도 보여내지도 못한 어정쩡 부은 그런 반쪽 달이었다. 지금껏 살아온 내 모습 같아 보였다. 들숨 한 번에 날숨 두 번. 무언가의 기대로 휴읍~ 한 번 세상을 마셨다가 대번에 실망으로 푸후~ 내뱉어버린 그런 삶이었다. 체면, 내세움, 아니면 감춤, 그런 것 때문에 나 스스로에게 덫을 씌우고 스스로를 힘들게 하며 살아온 인생이었다. 조용함이나 겸손함의 미덕을 모르는 세대라며 탓도 꽤 했었다. 누군가에게 어떻게 비추어질까도 가끔은 생각했었겠지만 나 자신에게 나의 실체를 완전히 까발리지 못한, 나에게 덜 솔직했던 그런 인생이었다.

휴대폰 문자에 학교 동창이 죽었다는 전갈이 가끔씩 올라온다. 나하고 같은 세월이었는데 빨리도 떠나갔네. 그 정도의 느낌만 갖게 되는, 동창이라는 끈만 이어졌던 사람이라 별다른 감회가 없었지만 가까운 친구의 죽음을 접한다면 받아들이는 그 파장의 흩어짐은 멈춤이 가능할까? 하시 깜짝 순간에 기슭으로 가고 말 우리의 인생. 유치찬란한 세상적인 쾌락만을 좇으며, 겉치레의 인간관계에만 매달려 있거나, 죽음의 언덕은 저 멀리 있다고 방자한다면 흉터 가득, 생채기 얼룩진 흉한 인생이 될 거다. 나도 언젠가 죽음 앞에 적나라하게 당도하면 참담한 후회와 함께 부동자세로 꼼짝없이 당할 거다.

조용히 많은 생각들을 해보았다. 스스로 호흡하며 생각할 수 있는 이 순간이 고마울 뿐이다. 지금의 나의 숨을 유지하며 가끔은 호흡도 조절해가며, 사는 사람처럼 살아야겠다.

소리 시원한 대피리 연주 한 곡 듣고 싶어진다.

시적, 혹은 산문적 자연을 통한 존재 완성

송기한(문학평론가, 대전대 교수)

시적, 혹은 산문적 자연을 통한 존재 완성

1. 존재의 불완전성

박영욱의 작품집『나무를 보면 올라가고 싶어진다』는 제목에서 드러나 있는 바와 같이 자연을 소재로 한 것들이다. 자연을 배경으로 한 시, 혹은 자연을 의미화하여 이를 서정의 영역으로 수용한 시를 이 범주에 넣는다고 한다면, 그는 정지용부터 시작된 우리 시사의 자연시 계보를 충실히 이은 시인이라 할수 있다.

정지용부터 시작된 자연시는 근대의 제반 사유와 분리하기 어려운 것이었고, 그 저변에 깔린 사유는 이른바 영원의 상실과 밀접한 관련을 맺고 있었다. 신이 담당하고 있었던 영원의 영역이 근대 이후 붕괴되면서, 이를 대신할 새로운 지대가 탐색되기 시작되었는데, 자연은 그 첫 탐구의 대상이 되었다.

자연이 신을 대신할 영역으로 선택된 것은 다음 두 가지 요인이 크게 작용되었으리라 생각된다. 하나는 소재의 편리성이다. 실상 인간적인 것들을 떠나서, 다시 말해 자아를 둘러싼 사회를 넘어설 때 가장 쉽게 발견할 수 있는 것이 자연이다. 게다가 인간 자신도 자연의 일부가 아닌가. 둘째는 자연 속에 내포된 형이상학적 의미이다. 자연이란 순환, 반복의 특성을 갖고 있거니와 그런 원환론적인 세계야말로 영원의 상징처럼 받아들여져왔다. 그러한 까닭에 영원을 상실한 인간, 그리하여 순간의 영역에 놓여 있는 인간으로서는 이를 초월해주는 적절한 치료제로서 자연만큼 좋은 매개도 없었을 것이다.

이렇듯 자연은 불완전한 근대적 삶을 영위해나가는 인간들에게는 더할 수 없는 위안이 되어주었다. 그러한 위안을 정지용의 자연시들에서 확인할 수 있거니와 이를 적극적으로 수용한 것은 청록파의 경우였다. 이들에 의해 자연이라는 소재는 우리 시의 중심 소재 내지는 주제로 자리 잡은 것이다.

근대 이후, 이 시대가 주는 일시성, 혹은 순간성의 감각들은 존재로 하여금 불안의식에 사로잡히게 했다. 여기에 젖어든다는 것은 그만큼 인간이라는 존재가 완전하지 않다는 뜻이 된다. 이런 불완전성이란 물론 이 이전에도 인간의 정서를 규율해왔지만, 신의 영역은 이런 불안한 틈을 훌륭히 메워주었다.

히지민 이제 신은 우리로부터 영원히 떠나갔다. 인간은 스스로 조율해나가는 자율적 주체가 되어버렸다. 여기서 자율이란 자유와 같은 긍정적 의미로 인간에게 다가오지 않았다. 이는 스스로에게 영원을 찾도록 명령하는 수동적 억압으로 기능했기 때문이다.

　인간이 영원하지 않다는 것, 그리고 완전하지 않다는 것으로부터 시인은 서정의 간극을 인식했거니와 이를 넘으려는 치열한 자의식이 발동하기 시작했다. 그런 서정적 치열성이 오늘날 서정시의 중요한 하나의 화두로 자리한 것은 잘 알려진 일이다. 지금 박영욱 시인이 던지는 질문들도 여기에 놓여 있다. 그래서 대상으로 향하는 그의 음성들은 인간의 아픈 부분들, 혹은 영원하지 않은 부분들에 대한 고뇌 속에 갇히게 된다. 그러면서 이를 초월하고자 하는 간단없는 목소리를 발산하게 된다.

　　　쌓여만 가는 서러운 연륜
　　　그 비릿한 냄새
　　　떠날 줄 모르는 우울 덩어리
　　　환상의 헛된 조각들
　　　느닷없이 잡아보았던 욕망
　　　어김없이 그 뒤를 덮쳤던 좌절

흐트러진 배낭처럼 지쳐 널브러진 몸뚱이
축축한 가슴팍의 곰팡
그 쓰라림의 자국
응어리
이 몸 어딘가 덕지 끼어 붙어 있을 응어리
누가 메스로 후벼주세요
손끝 조심 살살 떼어보세요

육십여 년
무슨 명분 후들후들 살아왔던가
무슨 사랑 찐득찐득 살아왔던가

아! 별은 언제 보았던가

눈에는 봄이 보이는데
명치끝이 시리다.

—「세월」 전문

이 작품에는 영원을 상실한 인간이 가질 수밖에 없는 좌절의
정서들이 촘촘히 박혀 있다. 그래서 짧은 서정시임에도 불구하
고 한편의 서사적 연대기처럼 구성되어 있다. 연륜이 깊어가는
만큼이나 완전하지 못했던 시적 자아의 고뇌가 아로새겨진 단

면들이 아련하게 드러나 있는 것이다. 이 상처 속에서 서정의 정열이 맹렬히 피어난다. 이는 고뇌와 상처를 어떻게든 초월해 보고자 하는 자아의 지난한 노력일 것이다.

상처가 많다는 것은 갈등이 많았다는 것이고, 좌절 또한 마찬 가지의 경우이다. 욕망은 언제나 생겨나고, 앞을 향해 나아가 고자 한다. 하지만 이를 채우는 것은 쉬운 일이 아니다. 아니 불 가능하다는 것이 옳은 말일지도 모른다. 만약 온전히 채워진다 면 그것은 인간의 영역을 초월한 곳에서만 가능할 것이다. 이 야말로 인간이 가질 수 없는 어쩔 수 없는 한계이다. 그러한 한 계가 만들어낸 것이 좌절이고, '가슴팍의 곰팡'이며, '쓰라림의 자국', 혹은 '응어리'이다.

그러나 이런 상처투성이가 있음에도 불구하고 시인은 거기에 머물러 있지 않는다. 그것은 두 가지 의미에서 그러한데, 하나 는 내성과 관련된 것이고, 다른 하나는 내성을 통한 극복의 정 서에서 그러하다. 내성이란 은밀한 것이지만, 미래의 시간성이 확보된다면 매우 긍정적인 정서로 전화될 수 있는 것이다. 성 찰 없는 상처는 그저 바위 속에 갇힌, 생명성이 없는 화석에 불 과하기 때문이다. 그리고 다른 하나는 이른바 극복에 대한 치 열한 의지이다. 시인은 자신 속에 굳어져 어쩔 수 없는 흠결로 자리한 응어리들을 계속 덧나게 한다. 그것을 다시 상처로 만드는 것인데, 상처가 되어야 치유라는 또 다른 장을 기대할 수 있다고 본다. 그렇기에 상처는 계속 후벼파서 덧나게 해야 한다고 이해하는 것이다. 시인이 "누가 메스로 후벼주세요"라고 하거나 "손끝 조심 살살 떼어보세요"라고 하는 것은 여기에 그 원인이 있다.

알 수 없는 인생아
언제까지 나를 미몽의 마당에 던져둘 거니?
언젠가는 누구에게나 슬픔의 진수를 보여주듯이
나에게도 그럴 거니?

알 수 없는 인생아
그동안 지내온 시간 속에
나에게도 꿈같은 시절이 있었겠지?

그랬다면 아마
'내가 크리스마스트리보다 작았던'
유년의 한때였을 거야

알 수 없는 인생아
그때를 추억할 때마다

마음에는 아름다운 무지개기 띠오르지

그렇지만 잠시뿐이야
무지개는 금세 언덕 아래로 사라져버려
누구에게나 그렇겠지?
알 수 없는 인생아
볕이 좋은 날 만나서 꼭 가르쳐줘
숫제 지금 단박에 말해주는 것도 괜찮아

알 수 없는 인생아
정말로 알고 싶구나

인생이란
말로는 말할 수 없는
애저녁에 느닷없는 것이었니?
　　　　　　　　　　　　　—「알 수 없는 인생」 전문

　제목이 시사하는 바와 같이 이 시의 주제는 「세월」의 연장선
에 놓여 있다. 첫 번째 행에서 "알 수 없는 인생아"라고 직접적
으로 선언하고 있는 것처럼, 시인의 정서는 지금 혼돈의 지대
속에서 헤매고 있다. 마치 의미를 찾지 못해 미끄러지고 있는

기호처럼, 자아의 의문들은 계속 표류하면서 여기저기 떠돈다. 어디 정착해야 할 무인도라도 만나면 좋으련만 이마저도 쉬운 일이 아니다. 그러니 의문형의 언사들이 끊임없이 담론화되어 상대방을 자극하고 유혹하는 행위를 반복한다.

인생에 대해 거룩한 형이상학적 질문을 던지고 있는 이 작품은 다분히 기독교적이며, 또 프로이트적인 사유에 기대고 있다는 점에서 주목을 요한다. 그동안 지내온 인생 가운데 '꿈같은 시절'을 '유년의 한때'에서 찾는 행위가 그러하다. 잘 알려진 대로 유년의 삶은 인식이 완결된 상태, 무의식의 억압이 시작되기 이전의 상태이다. 그러니 분열이라든가 갈등, 억압과 같은 부정의 정서들이 개입될 여지가 원리적으로 차단되어 있는 원형적 지대이다. 하지만 시인의 언급대로 그것은 '잠시 상태'에 불과할 뿐이다. 무의식의 억압이 시작되는 시기부터 자아는 분열의 늪지대로 어쩔 수 없이 빠져들어갈 수밖에 없는 존재가 된다. '유년의 무지갯빛'은 순간의 영광일 뿐, 끊임없이 지속되는 것이 아닌 까닭이다. 이때부터 인생은 알 수 없는 모호한 지대, 불확실한 지대 속으로 빨려들어가게 된다. 서정적 자아의 분열이 시작되고, 그 넘나들 수 없는 자아 내부의 간극이 생기는 것은 이때부터이다.

불완전한 인간, 분열된 자아로 거친 세상의 파도를 헤쳐나가는 것은 매우 난망한 일이다. 그러니 계속 자신 앞에 놓인 길이 안전한 것인지, 혹은 불행의 단초가 되는 것인지에 대해 의문을 던지게 된다. 지금의 시야에서 감각되는 현재가 그러할진대, 미래는 말할 것도 없는 일이다. 시인이 지금 이곳의 시간뿐만 아니라 미래에 대해서도 질문을 던지는 것은 이와 밀접한 관련이 있을 것이다(「이십 년 후」).

2. 치유로서의 자연

그렇다면 신이 사라진 시대에 영원의 감각을 찾는 것은 전연 불가능한 일인가. 영원에 기대어 자아의 결핍을 벌충하고자 했던 인간의 꿈들은 이룰 수 없는 것이고, 영영 좌절의 정서 속에 갇혀 결코 나올 수가 없는 것인가. 이런 의문 앞에 놓일 때, 이에 대한 해법으로 가장 먼저 대안으로 제시된 것이 자연이었다. 자연은 그 자체로 완결성이며, 이법이고, 우주적 의미를 내포하고 있다. 이런 함의를 갖기에 그것은 근대적 의미의 신과 같은 반열에 올라올 수 있었다. 우리 시사에서 자연이 가장 전략적인 주제 가운데 하나가 된 것도 그것이 주는 이런 내포 때문이었다.

박영욱 시인에게도 자연을 서정화했던 시인들과 마찬가지로 자연의 감각이 예사롭지 않게 다가온다. 그에게도 그것은 매우 특별한 감각으로 서정화되고 있기 때문이다. 시인도 자신을 결핍된 존재, 불완전한 존재로 인식한 바 있고, 그런 틈 속에서 서정의 샘이 만들어졌다. 그런 다음 자아는 이를 계속 자맥질해서 그 간극을 메우고자 했다. 자연은 그런 서정의 틈을 넘고자하는 자아의 의지 속에서 탄생했고, 그 갈증을 덜어주는 오아시스와도 같은 것이었다. 시인은 이 샘에서 갈증을 다스리고, 이를 길어올리면서 자아의 결핍을 메워나가고자 했다. 자연은 이제 시인에게서 불가결한 전략적 소재 가운데 하나로 자리하게 된다.

산길을 걷는다
새도 걷고 구름도 나란하게 걷는다
신이 나서 걷는다
어두워져도 걷는다

나무에게 말을 건넨다
"걷다가 힘들어지면
네 곁에서 쉴 수 있으니
나무야 우리 함께 걷자"

나무가 대답한다
"걷는 것도 좋겠지만
서서 구경하는 것도 재미있어
그래서 늘 가만히 서 있는 거야"

—「나무」 전문

　자연을 향한 시인의 의지는 사뭇 가열차고 정열적이다. 자연은 소월의 경우처럼 '저 멀리' 떨어져 있는 이타적 존재가 아니다. 그의 자연은 적극적으로 다가가야 할 매개이고, 또 이를 자기화해야 할 수단으로 자리한다. 완전에 대한 열망과 갈증이 자아로 하여금 그 접근에 대한 필연성을 만든 까닭이다.

　그리하여 자연은 그저 멀리, 수동적으로 있지만, 자아의 적극적인 의지에 의해서 새롭게 존재의 변이를 시도하게 된다. 자아의 개입에 의해 자아는 자연은 존재의 전환을 시도하게 되는 것이다. 1연에서 알 수 있듯이, 시인은 '산을 걷는다'. 그런데 이런 행보는 유유자적하거나 한가한 상태를 유지하기 위한 피로 회복 차원의 것이 아니다. 그것은 '나를 향한 것'이고, 궁극에는 나의 결핍을 메우고자 하는 적극적 의지의 표명이 만들어 낸 것이다.

　자아와 대상을 하나의 층으로 만들고자 하는 시도는 자아의 행동을 계속 강제한다. 그런 규율이 한 번의 시도로 끝나지 않고 계속 다른 행동을 연쇄적으로 유발시킨다. 다가간 나무에게 "말을 건"네는 행위로까지 나아가는 것이다. 여기서 대상으로 향하는 담론은 하나의 방향성을 갖지 않는데 그 특징적 단면이 드러난다. 그것은 일방적 지시 담론이 아니라 대화의 담론이기 때문이다. 대화란 상대방과 동시적 참여가 있을 때 가능한 화법이다. 자아가 나무와 이런 관계로 접어들었다는 것은 이 둘 사이의 관계가 각자의 독립성을 유지하고 있는 경우가 아니다. 그 둘은 상호 교호하는 동일체의 관계가 되어 승화의 단계로 격상되고 있는 것이다.

자연과의 대화란 도대체 어떤 함의가 있기에 시인에게 매혹의 대상이 되었던 것일까. 시인이 이번 작품집에서 시와 산문을 동시에 펼쳐보였다. 이런 상재란 매우 드문 일이어서 여기에는 분명 시인만의 의도하는 은밀한 비밀이 깔려 있는 것은 아닐까.

율문 양식과 산문 양식의 가장 큰 차이점은 이른바 솔직성 내지는 인과성에서 찾을 수 있다. 전자가 언어의 '낯설게 하기'를 통해 자아의 전언을 되도록 우회하고 은폐하는 것이 특징이라면, 후자는 이와 반대되는 지점에 놓인다. 자신의 감정과 정서를 비교적 솔직하게 그리고 인과적 맥락에서 제시하는 까닭이다. 그런 면에서 다음 「누리장나무」는 시인의 작품 세계에서 그 시사차는 비기 크나고 하겠다.

산 밑에 살아서 보통 저녁 시간에 동네 산책을 하는데 오늘은 아침에 올라갔다. 산 중턱쯤에 이르러 계곡의 맑은 물에 혀를 대본다. 차가운 감촉이 새롭다. 약수터 부근, 누리장나무의 진한 내음이 코끝으로 다가온다. 누린 냄새가 별로 좋지 않다 하여 누리장나무라 하였다는데 나는 그 은근한 냄새가 좋아서 일부러 가지를 당겨 잎사귀에 코를 들이대어보았다. 늘 돌 밑에 깔려서 살고 있는 듯했던 우울한 기분이 누릿한 냄새와 함께 말끔히 사라지는 것 같다.

자연의 인간에 대한 구원자적 요소는 자신의 존재를 잊어버리게 하는 데 있다고 하던데, 누리장의 냄새에 그 누군가의 말뜻을 알 것 같다.

이 시간에 누군가 나에게 무엇 때문에 살아가고 있느냐고 물어온다면 단박에 "누리장나무 때문이야요" 할 것 같다.

언젠가 누리장나무 잎새의 윤기나 흰 꽃향기에 둔감해질 줄도 모르면서 그렇게 선뜻 대답하리라.

—「누리장나무」 전문

이 글 역시 앞의 율문 양식과 더불어 자아의 적극적인 의도랄까 행위가 잘 드러난 경우이다. 저자의 산보 행위는 저녁 시간에 이루어지는 일상적인 행위였다. 하지만 오늘 하루만은 예외

적으로 아침에 나갔다. 어떻든 그는 이 과정에서 '계곡의 맑은 물'에 혀를 대기도 하고 '누리장나무'의 진한 내음을 코끝으로 느낀다. 이를 통해 저자는 일상의 피로와 존재의 불안으로부터 어느 정도 벗어나게 된다. 가령, "늘 돌 밑에 깔려서 살고 있는 듯했던 우울한 기분"을 이들 감각을 통해서 치유하고 있는 것이다.

감각을 통해서 정신의 해방, 혹은 자연과 일체화를 이룬다는 것은 일상의 피로로부터 벗어난다는 뜻이 된다. 뿐만 아니라 그 자의식의 해방은 일상의 순간성 내지는 일시성으로부터 벗어난다는 뜻도 된다. 이런 불온한 자의식으로부터 탈출하는 것, 그것이 숲의 기능, 자연의 형이상학적 의미라는 것이 시인의 판단이다.

그런데 이런 뻔한 일상화, 권태화된 피로감이란 감각의 상실과 분리하기 어려운 것이라는 데 그 특징적 단면이 있다. 그런 정서들은 전진하는 자아의 길을 방해하는 것이기도 하거니와 영원이라는 감수성으로부터도 한 발짝 떨어져 있게 한다. 권태와 피로가 파편화된 일상의 상징적 표현인 것은 이 때문이거니와 이로부터의 탈출이야말로 건강한 자아, 긍정적 자아와 회복과 밀접한 관련이 있을 것이다. 죽어 있는 육체나 무뎌진 정신이야말로 파편화된 자아의 전형적 모습일 것이다. 따라서 이렇게 불활성화된 자아를 회복시키기 위해서 필요한 것이 바로 감각의 부활일 것이다. 살아 있음이란 곧 감각의 느낌과 밀접한 관련이 있기 때문이다.

실제로 시인은 이번 작품집에서 이런 감각의 부활을 전략적인 이미지나 의장으로 적극 활용하고 있다. 다음 「물장난」이라는 글이 대표적이다.

학교에 들어가기 전이니 여섯이나 일곱 살 무렵이었을 거다. 여름날 제법 큰 비가 올 때 동네에서 산 쪽으로 조금만 올라가면 순식간에 도랑이 생겨서 물이 흐르게 되고, 나는 동네 친구와 그곳으로 쏜살같이 달려가서 미리 약속이 되어 있는 듯 의논 없이 우리들만의 작업을 시작한다.

처음엔 흙탕물 같지만 금세 맑게 바뀐다는 것쯤은 이미 알고 있다. 한 아이가 주변의 돌들과 '떼짱'들을 마련해서 도랑에 날라주면 도랑에 있는 아이는 그걸 받아들고 댐 공사를 하게 되는 것이다. '떼짱'과 흙으로 벽을 쌓고 그 안에는 튼튼하게끔 돌들을 쿡쿡 찔러 박는다. 그런 후 둘이서 두 손으로 열심히 곳곳을 누르며 다진다. 애쓴 끝에 얼마 후 청평 댐처럼 생긴 작은 웅덩이가 만들어지는 것이다. 물이 기대만큼 고이게 되면 우리는 탄성과 함께 뛰어들었다. 한참이나 낄낄대고 철퍼덕대며 신나게 논다. 어딘가에 부딪히거나 발바닥을 무언가에 찔리기도 했지만 온몸으로 비를 맞기며 정신없이 놀았다.

웅덩이에 물을 채웠다가 갑자기 무너뜨려서 대번에 급류처럼 흘려 내려 보내고, 다시 튼튼하게 공사해서 물을 가두고 하는 '물 막기 놀이'는 참으로 재미있었다. 우린 늦도록 두세 개의 댐을 만들었던 것 같다. 이러한 '물 막기 놀이'는 수십 년이 지난 지금까지도 소중한 추억으로 가슴속 깊은 곳에 간직되어 있다. 가끔씩 생생하게 되살아나는 그때의 물 냄새와 흙냄새, 풀 냄새 등은 잊을 수가 없다. 그리고 바로 옆에 삐죽삐죽 튀어나와 있던 나무뿌리들의 형상 또한 선명하게 떠오른다.

―「물장난」 전문

의식의 저편에 고요히 잠들어 있던 유년의 감각들이 냄새 감각을 통해 환기된다. 가령, 물 냄새와 흙냄새, 풀 냄새 등을 통해서 후각적 감각이 깨어나기 시작한다. 죽어 있는 감각을 일깨우는 데 있어 일차적인 감각만큼 중요한 것도 없을 것이다. 이 감각은 가장 원초적인 것이기에 그것이 깨어나는 순간은 무뎌진 인간의 정서나 육체는 생생하게 타오르기 시작하기 때문이다. 시인은 이런 감각을 적극적으로 활용한다. 가령, 숲속에서 들려오는 아름다운 매미 소리와 새소리와 같은 청각을 수용

하거나(「항연」) 상큼하게 갸웃거리는 제비꽃과 마주하면서 생의 본능을 일깨우는 시각적 감각을 환기시키기도 하는 것이다(「제비꽃」). 그의 글들이 감각의 축제 속에서 생생하게 살아난다. 그런 향연이야말로 그의 무뎌진 정서를 일깨우는 좋은 매개라 할 수 있을 것이다.

　살아 있음은 감각의 느낌으로 그 확인이 가능하다. 만약 그 반대의 경우라면, 어떤 감각도 느끼거나 수용할 수 없는데 이런 경우를 1920년대 소월의 시에서 확인할 수 있다. 이때 소월이 죽어버린 자신의 육체를 일깨우기 위해 일차적인 감각, 그 가운데 후각적인 감각(「여자의 냄새」)에 호소한 것을 상기하면, 박영욱 시인이 시도하고 있는 이런 시적 전략은 충분히 납득할 만한 것이라 할 수 있다.

> 어릴 적부터 혼자 놀다가 나무를 보게 되면
> 궁뎅이 쭉 뽑고 굵은 가지 골라잡으며
> 스극스극 올라가길 좋아했었어요
>
> 아지랑이 속살거리는 봄날이 오면
> 팽그르르 홀려서
> 우물가 옆 벗나무를 자주 찾았었구요

살랑거리며 바람 불던 어느 날 늦은 무렵
느티나무 높은 곳까지 올라갔다가
쿨커덕 겁이 나서
눈 꽉 감고는 한참 동안 매달려 있었네요

쓰르라미 소리 촬촬 온 군데 울려 퍼지는 여름날에
나도 모르게 앞산으로 들어가
나무늘보처럼 느윗느윗 나무를 타며
쓰르라미 소리 그칠 때까지 놀기도 했었어요

상수리나무. 뽕나무. 밤나무…
이 나무 저 나무
많이도 오르내렸어요

오르기 전 나무 밑에서 올려다볼 때나
타고 올라 나무 위에서 내려다볼 때나
무슨 생각을 했었는지
무슨 마음으로 그랬었는지
지금도 알아지질 않아요

그냥 나무를 보면 올라가고 싶었나 봅니다.
　　　—「그냥 나무를 보면 올라가고 싶었나 봅니다」 전문

지금 시인은 목마른 상태에 놓어 있다. 그래서 자아는 갈증이 극단에 이르러 이를 해소할 오아시스를 찾아나선다. 나무를 보면 '그냥' 올라가고 싶은 욕구가 필연적으로 수반될 수밖에 없는 것은 이 때문이다. 이런 면에서 자연을 향한 시인의 발걸음은 생리적인 것에 가까운 경우이다. 자연스런 욕구가 만들어낸 필연의 결과가 자연으로 향하는 발걸음을 만들어낸 것이다. 그래서 그의 자연을 향한 메시지들은 우연이나 인위가 개입될 소지가 남아 있지 않다. 필연적 욕구가 만들어낸 자연스러움이 그의 자연시가 갖는 특징적 단면이자 주제일 것이다.

3. 삶의 지혜를 향한 무욕자의 순례

존재론적 완성을 향한 인간의 욕망은 끊임없이 지속된다. 왜냐하면 그것이야말로 인류가 회복해야 할, 혹은 꿈꾸어야 할 영원한 이상향이기 때문이다. 자아와 세계 사이에 놓인 불화란 영원을 잃어버린 자아의 결핍에서 비롯된 것이며, 그것이 곧 서정시의 운명임은 잘 알려진 일이다.

박영욱 시인이 추구한 이상도 다른 서정시인들이 꿈꾸었던 세계와 하등 다를 것이 없다. 시인 또한 자신의 현존에 대해 절대적으로 불신하고 있는 까닭이다. 그 불신을 확신으로 전화시

키기 위해서 시인은 영원을 지기화하고자 하는 노력을 계속 시
도해왔다. 그 역동적 힘이 '나무'를 보면 무작정 오르고 싶다는
생리적 '욕망'으로 표현된 것이다. 따라서 자연을 향한, 혹은 나
무를 향한 그의 행위는 필연성이 있고, 또 역동적인 힘이 강렬
히 느껴진다.

　이런 행위는 경우에 따라서는 시인의 내성과 곧바로 연결되
는 것이거니와 그것은 또한 일상의 행복과 분리하기 어려운 것
이기도 하다. 서정을 향한 열망에는 유토피아에 대한 꿈이 내
포되어 있고, 또 그것이 지향하는 궁극적인 지점은 일상이기
때문이다.

　　애태우며 공들이며 살지 않지만
　　번민은 늘 당신을 비껴갑니다

　　잔뜩 흐려
　　검은 구름 하늘 온통 덮으면
　　'심판받을 것 같네' 하며 무섭다고들 하지만

　　당신은
　　구름 속 푸른 하늘이 보이는지
　　만만여유 태평가입니다

스스로가 섭리를 만들어내는 것 같은
존경스러운 무신론자여
그 경건한 믿음이여!

—「무신론자」 전문

 '무신론자'란 어떤 절대자나 절대적 관념을 자신화하지 않는 사람이다. 그러니까 어떤 결핍을 신과 같은 형이상학적 관념으로 채우지 않는 사람이라고 할 수 있을 것이다. 결핍된 자가 영원의 강을 위해 절대자를 징검다리로 수용하는 것은 자명한 일인데, 시인은 오히려 그 반대의 길을 가고 있는 이색적인 행보를 보인다. 참으로 역설적인 사유의 전환이라고 하지 않을 수 없는데, 하지만 시인이 펼쳐 보인 지금까지의 행보를 이해하게 되면, 그가 왜 이런 선언을 하게 되었는지 이해하게 된다.

 시인이 의도한 '무신론자'란 '신을 믿지 않는 자'라는 의미보다는 욕망을 갖지 않는 자라는 뜻에 가까운 것이라 할 수 있다. 정신분석학자 라캉은 인간은 욕망하기 때문에 억압되는 존재라고 했는데, 이는 곧 인간은 억압이라는 굴레로부터 벗어날 수 있는 가능하다는 뜻도 된다. 욕망하지 않은 인간이 존재할 수 있는 까닭이다. 아마 시인이 의도했던 것은 이 후자의 의미가 아닐까 한다. 욕망이 없기에 시인은 억압으로부터 자유로울 수 있다는 꿈을 꾸는 셋인지도 모를 일이다. 그러니 "애태우며 공들이며 살지" 않아도 되고, "번민은 늘 당신을 비껴가는 것"이 아닐까. 게다가 이런 상태에 이르게 되면, "검은 구름"이 "하늘 온통 덮"는 환경에 놓이지도 않을 것이고, 그 결과 '심판'이라는 신의 처벌로부터도 자유로워질 수 있는 것이 아닐까.

그러니까 '무신론자'는 "스스로가 섭리를 만들어"낼 수 있는 자가 된다. 도대체 어떤 상태가 되어야 "스스로 섭리를 만들어내는" 자율적인 주체가 되는 것일까. 이에 대한 해법 역시 욕망의 문제와 밀접한 관련이 있을 것인데, 욕망이 없기에 억압이 없고, 억압이 없기에 자아는 구속의 영역으로부터 벗어날 수가 있다고 하겠다. 이야말로 무한 자유를 느낄 수 있는 자아의 영원한 해방 상태가 되는 것이다. 무신론자란 이런 경지에 오른 자이다. 그래서 시인은 그런 무신론자에 대한 그리움의 정서를 간절히 표명할 수 있었던 것이다. 이는 곧 그가 여태껏 추구의 대상으로 간주했던 자연의 또 다른 모습일 수도 있을 것이다.

맨날 맨날 정신없이 바쁜 마누라
내년이면 점입가경일 것 같고
세상 구경하느라 낮밤 모르던 딸내미도
어느새 성숙의 구비를 돌고 있으니

나도, 쓸쓸 타령 아니면 이불싱설 넋두리들
이제 그만 접고
늦가을 나들이길 한번 나서자고 해야겠다
모처럼 셋이서 한갓진 얘기도 할 겸
추워지기 전에 한나절 쏘옥 끄집어내어
집에서 멀지 않은 파주, 문산 길이라도 다녀와야겠다.
가고 오는 길도 좋겠지만
나중 추억도 좋을 것 같다.

—「나들이」전문

　이 작품이 말하고자 하는 의도는 행복한 소시민의 일상 정도일 것이다. 크나큰 욕망에 사로잡힌 자아라면 이런 일상에 도달하는 것은 불가능할지 모를 일이다. 욕망이 크면 클수록 자아를 구속하는 강도는 커지기 때문이다. 반면 욕망이 적으면 적을수록 구속의 힘은 작아지게 된다. 구속이 없다는 것은 자유의 영역으로 들어선 것으로 보아도 무방한 경우이다. 이런 자유 내지는 편안함이 자아로 하여금 주변의 일상을 되돌아보게 하고, 궁극에는 거기에 쉽게 동화되도록 만들어버린다.

　시인은 인생의 크나큰 시련을 거쳐왔다. 자아와 세계 사이에 놓인 강을 건너서 이제 일상의 행복이라는 마지막 종착역에 이를 시점에 서 있다. 하지만 이런 과정이 그저 자연스럽게 주어진 것은 아니다. 그는 이 도정에 이르기 위해 가열찬 서정의 정열을 투사했고, 자연이라는 지대에서 그 서정의 아름다운 꽃을 피워왔다. 그 꽃의 향기가 자아의 갈등을 위무하고, 상처를 치유해주었다. 그 결과 자아는 아름다운 무신론자가 되어 일상의 행복을 회복시켰다.

박영욱의 자연시들은 치유의 시이고 회복의 시이다. 그의 자연시들은 상처와 결핍에 대한 대항담론으로서 자연을 서정화한 것이 대부분이다. 이런 면에서 그의 시들은 청록파 시인들 가운데 조지훈의 세계와 비교적 가까운 것이라는 점에서 그 의미가 있다. 잘 알려진 바와 같이 청록파의 시인들의 자연관은 그 나름의 독특한 차이점들이 있었다. 목월의 경우는 창조된 자연을 통해서 자아의 이상을 노래하고자 했다. 창조된 자연이기에 허구적 미메시스에 의존했고, 호흡은 짧게 잡았다. 박두진의 시들은 구체적인 자연을 노래했고, 그 수평적 평화를 통해 기독교적 이상을 기원했다. 사물에 대한 디테일과 미메시스의 충실한 반영이야말로 박두진 시의 요체라고 할 수 있을 것이다. 반면 조지훈은 나그네의 감각을 이용하여 자연을 적극적으로 찾아나선 경우이다. 그런 다음 시인은 그 자연과 자아가 절대적 극점 지대에서 융합되는 하나의 공동체를 발견했다.

자연과 자아의 절대적 융합을 지향했다는 점에서 박영욱의 자연시들은 조지훈의 시와 상당한 친연성을 갖는다. 자연과의 적극적 합일에 대한 의지 등이 비교적 강렬하게 나타나 있다는 점에서 그러하다. 시인은 이번 작품집에 율문적 양식이 갖고 있는 한계를 벌충하기 위해 산문 양식도 함께 상재했다. 시와 산문을 통해서 자신의 문학정신을 다층적으로 드러내고자 한 것인데, 이런 시도들은 분명 박두진적인 문학세계에 가까운 것이다. 그러는 한편으로 시의 짧은 호흡은 또 목월의 자연시와도 닿아 있다. 그는 청록파 시인들의 장점을 하나의 장 속에서 펼쳐 보이려는 대단한 시도를 하고 있는 것인데, 이런 열정이야말로 이 책이 갖는 궁극적 의의라고 할 수 있을 것이다.